Climate Action

Christian Linker, geboren 1975, studierte Theologie und war beruflich in der Kinder- und Jugendpolitik unterwegs, bevor er sich ganz dem Schreiben widmete. Seine vielfach ausgezeichneten Kinderbücher und Jugendromane bergen politische Brisanz oder magische Fantasie – manchmal auch beides zugleich.

Mehr über unsere Bücher, Autor:innen und Illustrator:innen auf: www.thienemann.de

Linker, Christian:
Climate Action – Du allein entscheidest, wie weit du gehst!
ISBN 978 3 522 20294 7

Einbandgestaltung: Suse Kopp unter Verwendung von Bildern von www.arcangel.com (AA12624939/AA1211366)
Innentypografie: Eva Mokhlis, Swabianmedia, Stuttgart
Reproduktion: DIGIZWO GbR, Stuttgart
Druck und Bindung: CPI Books GmbH

FSC www.fsc.org
MIX
Papier | Fördert gute Waldnutzung
FSC® C083411

Christian Linker

CLIMATE ACTION

Du allein entscheidest, wie weit du gehst!

Thienemann

Sie ist dir gleich aufgefallen, als du in die Straßenbahn eingestiegen bist. Die meisten starren auf ihre Handys, manche lesen in einem Buch oder unterhalten sich, ein paar schauen aus dem Fenster und blinzeln in die Herbstsonne. Aber dieses Mädchen tut nichts davon. Sie sitzt ganz hinten und presst ihren Rucksack auf den Schoß, als hätte sie Angst, das Teil würde sonst einfach davonfliegen oder explodieren oder was auch immer. Die Spitzen ihrer kurzen schwarzen fransigen Haare scheinen vor Anspannung zu vibrieren, ihre Wangen sind gerötet, die Augen fixieren irgendeinen unbestimmten Punkt im Nichts. Jedenfalls bis vor einer Sekunde, denn jetzt hat sie gemerkt, dass du sie anstarrst, sie erwidert für einen Moment deinen Blick, dann schaut sie woandershin. Unwillkürlich streichst du mit der Hand über deine Umhängetasche. Aber keine Sorge, was immer das Mädchen mit dem Rucksack für ein Problem hat – Taschen können sich nicht gegenseitig anstecken.

Die Bahn füllt sich an dieser Station, du suchst dir einen Stehplatz in der Nähe der Tür und greifst nach der Haltestange, als die Bahn losrumpelt. Mit der freien Hand tippst du auf dein Handy, checkst Insta, hast aber eigentlich keinen Bock auf die ganzen Reels irgendwelcher Leute, die du gar nicht kennst. Du steckst das Handy wieder weg und schaust an die Decke. Auf dem kleinen Bildschirm sliden Werbung und News vorbei.

+++ Jetzt Traumhaus finden mit Immobilien Müller +++ Typisch November: Morgen 10 Grad und Nieselregen +++ Neuer Sabotageakt der Gruppe TOO HOT – Polizei tappt weiter im Dunkeln +++ Nächste Haltestelle: Marktplatz +++

Dein Blick wandert erneut zu dem Mädchen. Absolute Anspannung in ihrem Gesicht. Sie hat kein Ticket, denkst du dir. Sicher ist das der Grund für ihre Nervosität. Als ob in dieser vollgestopften Bahn irgendjemand kontrollieren würde ... Aber dann – Karma oder was? – rauscht die nächste Haltstelle an, und da stehen sie schon: Fünf, nein sechs Kontrolleure in ihren schwarzen Uniformen, wie ein Überfallkommando. Sofort musst du wieder zu dem Mädchen gucken. Sie hat es auch gesehen, will aufspringen, hält aber inne und greift in den Rucksack. Sie zieht ein Notizbuch hervor, schlägt es hastig auf und kritzelt mit einem Kuli etwas hinein, dann klappt sie es zu und springt jetzt doch auf, schiebt sich durch den Gang auf die Tür zu.

Die Bahn kommt zum Stehen, die Türen öffnen sich zischend. Es gibt kein Entkommen für das Mädchen, denn an jeder der drei Türen postieren sich je zwei Kontrolleure. Das Mädchen will vorbei, und obwohl du sofort Platz machst, so gut es in der vollen Bahn eben geht, rempelt sie dich an. Aua. Das war Absicht, oder? Wieder Blickkontakt. Ihre Augen sind blau und panisch. Irgendwas in dir würde gern helfen, aber wie? Ihr Geld für ein Ticket geben? Was würde das jetzt noch nutzen.

»Nicht so schnell, junge Dame!«, blafft auch schon einer von den uniformierten Typen. »Ihren Fahrschein, bitte.«

»Ach so, klar«, murmelt sie, ihre Hand geht in ihre Hosentasche, und sie holt eine Plastikkarte heraus. Ein Schülerausweis, wie fast alle ihn haben.

»Alles klar.« Der Typ nickt, lässt sie vorbei und sie huscht aus der Bahn.

»Guten Tag, meine Damen und Herren«, ruft seine Kollegin laut, »Fahrscheinkontrolle.«

Du bist so verdutzt, dass du beinahe vergessen hättest, dein eigenes Ticket hervorzukramen. Warum dieses Theater, wenn das Mädchen doch einen gültigen Ausweis bei sich hat?

Die Türen schließen sich zischend, und die Bahn rumpelt los, während die Uniformierten sich von vorn und von hinten durch den Wagon schieben. Du hältst der Frau dein Ticket hin und drehst dich zugleich nach dem Mädchen um. Sie schaut der abfahrenden Bahn hinterher – nein. Sie schaut genau *dir* hinterher.

Kennt ihr euch etwa? Wer könnte sie sein? Jemand aus der Grundschule? Oder von woanders? Du gehst im Geiste Leute durch, die du von früher kennst – aus irgendwelchen Vereinen, Sport, Musik ... sie hat dich doch so angeschaut, als hätte sie dich von irgendwoher wiedererkannt.

Oder auch nicht, überlegst du dann. Schließlich warst du ja die Person, die zuerst geglotzt hat. Du hast sie beobachtet, weil sie so nervös auf dich wirkte. Vielleicht steht dieses Mädchen jetzt an der Ampel und grübelt genau wie du darüber nach, ob sie dich kennt. Dabei ist alles einfach nur ein Zufall.

Aber warum hat sie dich angerempelt? Das war doch kein Versehen. Du bekommst einen Schreck und schaust in deine Umhängetasche. Kaum vorstellbar, dass sie dich beklaut hat. Wenn aber doch?

Was du feststellst, macht die ganze Sache noch sonderbarer: In deiner Tasche fehlt nichts. Vielmehr ist jetzt etwas darin, das vorhin noch nicht da war. Ein Buch. Du ziehst es heraus. Es muss das Notizbuch sein, in das sie vorhin geschrieben hat, kurz bevor sie aus der Bahn gesprungen ist. Du willst es aufschlagen, hältst aber inne und siehst dich um. Natürlich beobachtet dich niemand. Keiner hier hat mitbekommen, wie das fremde Mädchen sein Notizbuch in deine Tasche geschoben hat, und niemand interessiert sich jetzt dafür. Die Leute gucken weiter auf ihre Handys oder aus dem Fenster und lassen sich nur kurz unterbrechen, um den Kontrolleuren ihre Fahrkarten zu zeigen. Trotzdem kommt es dir vor, als würden dich alle heimlich aus ihren Augenwinkeln beobachten. Das ist natürlich Quatsch, das weißt du. Es fühlt sich für dich bloß so an, weil der Vorfall derart rätselhaft ist. Trotzdem traust du dich nicht, einen Blick in das Notizbuch zu werfen. Du schiebst es zurück in die Tasche und wartest ungeduldig darauf, dass die Straßenbahn deine Haltestelle erreicht.

Du kannst es kaum erwarten, bis du endlich nach Hause kommst und dich in dein Zimmer zurückziehen kannst. Während des Heimwegs hast du dir tausend Gründe überlegt, weshalb das Mädchen sein Buch in deine Tasche geschmuggelt haben könnte.

Alle Gründe kommen dir absurd vor.

Jetzt bist du allein und ziehst das Buch hervor. Der schwarze Einband ist völlig nichtssagend. Du schlägst es auf. Die erste Seite enthält einen Vordruck.

Dieses Buch gehört:

Und auf der Linie darunter steht in klaren, selbstbewusst wirkenden Buchstaben:

Pauline

Nur das. Kein Nachname, keine Anschrift, keine Mail-Adresse oder dergleichen. Du blätterst um, dann lässt du die Seiten an deinen Fingern entlanggleiten. Die Seiten sind liniert, und das Buch ist zu etwa zwei Dritteln vollgeschrieben. Und nicht nur das. An verschiedenen Stellen ist etwas ins Buch eingeklebt: ein Zeitungsausschnitt und etwas, das wie ein Flugblatt aussieht und – irgendwie creepy: eine Strähne von braunem Haar.

Auf der letzten Seite steht eine Handynummer. Es ist dieselbe Schrift und doch anders, ein wenig krakelig. Wie in großer Eile hingekritzelt. In großer Eile und in einer Straßenbahn, die gerade abbremst. Paulines Nummer … für dich? Damit du sie anrufst? Aber wozu …?

Ist es etwa doch so, dass ihr euch kennt?

Oder hat sie dich ganz random ausgewählt, weil … sie das Buch irgendwo loswerden musste und dachte, dass es bei dir in Sicherheit sei?

Schon willst du dein Handy rausholen, um sie anzurufen. Doch dann lässt du es bleiben. Du hast schließlich keinen Schimmer, wer sie ist, und um was es hier geht. Vielleicht hältst du ja die Antwort in deinen Händen.

Du legst dich auf dein Bett, schlägst das Buch auf und beginnst zu lesen.

1. Oktober (Samstag)

Das war krass gestern. Echt.
Ich denke an Vics Taschenmesser.
Und an Sadiqs Taschenmesser.
Und an die Strichmännchenfamilie, in deren Leben wir eingegriffen haben.
Und an die Frage, ob ich ein Freak bin.

Darum hab ich mich entschieden, ein neues Tagebuch anzufangen. Das alte war zwar noch nicht voll, aber irgendwie passt es jetzt nicht mehr. Wie eine Reithose, die mir zu kurz geworden ist – ich bin quasi rausgewachsen. Etwas total Neues hat in meinem Leben angefangen, und darum beginne ich dieses neue Tagebuch. Es soll mich begleiten, bis ich rauskriege, wohin mich dieses Neue führt. Dazu schreibe ich es.
Und damit ich, wenn ich mal alt bin, meine Gedanken von damals – also das heißt: von heute – nachvollziehen kann. Vielleicht bin ich dann eine ganz normale Erwachsene und arbeite in einer Bank oder so und lache nur noch darüber, wie naiv ich mit 16 war. Oder ich lebe mit einer neuen Identität in einem anderen Land, wo ich untertauchen musste, weil in Deutschland überall Fahndungsplakate mit meinem Gesicht und meinem Namen hängen.

Klingt verrückt, aber irgendwie hab ich gerade das Gefühl, dass alles möglich ist. Wirklich alles.
Wann fing das eigentlich an? An dem Tag, an dem Vic auf unsere Schule kam?
Nein, früher. Mit unserer ersten halbkriminellen Aktion, dieser Reifensache.
Oder eigentlich noch früher. Noch vor den Sommerferien, im Juni. Eigentlich begann es mit dem Referat, das Sadiq und ich gehalten haben, ein Referat im Fach PP (das steht für »Praktische Philosophie« – nur für den Fall, dass mein 40- oder 50-jähriges Ich sich an solche Kleinigkeiten nicht mehr erinnern kann ... Ich hatte nämlich Religion abgewählt, und Sadiq hatte eh immer schon PP belegt, weil es an unserer Schule keinen islamischen Reli-Unterricht gibt.)
Jedenfalls – das Thema unseres Referats hieß: »Radikaler Klimaprotest: Ziviler Ungehorsam oder einfach nur kriminell?«
Dazu muss man wissen, dass erstens in PP andauernd Referate gehalten werden, als könnte sich der Gusenhöfer nicht selber was zum Unterrichten ausdenken, sondern würde immer nur uns Schüler*innen die Arbeit machen lassen. Und zweitens, dass jedes Referatsthema das Wort »oder« im Titel trägt, wirklich jedes.
»Abtreibung: Menschenrecht oder Kindesmord?«
»Social Media: Fluch oder Segen?«
Und so weiter ...
Klar, es geht darum, immer zwei Seiten zu beleuchten und

sich eine Meinung zum Thema zu bilden. Wobei ich, ehrlich gesagt, erst mal Sadiq beleuchten und mir eine Meinung zu ihm bilden musste. Ich hab ihn bis dahin nur vom Sehen gekannt, ein Typ aus der Parallelklasse halt, der in den Pausen Fußball spielt (ziemlich gut, soweit ich das beurteilen kann) und ansonsten immer seine AirPods drin und keinen Bock auf Gespräche hat. Die Zweierteams für die Referate waren ausgelost worden.

Wir haben uns also an einem Nachmittag in die Bibliothek gehockt und recherchiert. Wie man das halt so macht – Sachen aus Wikipedia rauskopiert, ohne groß drüber nachzudenken. Aber weil wir ja auch eine Präsentation machen sollten, brauchten wir noch ein paar gute Bilder. Sadiq fand ein Foto, das eine Autobahn zeigt. Die Autos stehen auf drei Fahrspuren dicht an dicht im Stau und ganz vorn, vor der ersten Reihe, stehen und sitzen und liegen Leute auf dem Asphalt. Einige halten ein großes Transparent quer über die Autobahn, darauf steht: LETZTE GENERATION. Über die, die da sitzen oder liegen, beugen sich Polizist*innen mit Mundschutz, sie reiben mit irgendwelchen Chemikalien an den Leuten herum. Denn die, das geht aus der Bildbeschreibung hervor, haben sich mit irgendeinem Ultrasuperkleber auf dem Fahrbahnbelag festgeklebt. Man sieht sie in Großaufnahme und im Hintergrund etwas verschwommen die Autofahrer*innen, die ausgestiegen sind und ziemlich wütend in Richtung dieser Aktivist*innen gestikulieren.

Ich fand das irgendwie witzig, also diese Automenschen, wie die sich aufregen.
Aber Sadiq meinte, er könnte das voll verstehen, dass sie so sauer sind, denn vielleicht müssen die dringend wohin, haben wichtige Termine oder wollen ihre Kinder vom Sport abholen, und jetzt hängen die da fest, weil so Idioten die Autobahn blockieren.
Und ich meinte, na ja, die könnten ja zu ihren wichtigen Terminen auch mit dem Zug fahren, und die Kinder könnten das Fahrrad nehmen oder den Bus.
Da lachte Sadiq bloß. Und ich dachte, der erklärt mir jetzt, wie unpünktlich die böse Bahn immer ist oder dass die ja vielleicht in einem einsamen Dorf wohnen, wo gar keine Busse fahren. Aber Sadiq tippte bloß mit dem Finger gegen den Bildschirm. »Wenn du so eine geile Karre hast«, sagte er, er meinte ein besonders fettes, protziges Auto, »dann nimmst du nicht die Bahn.«
»Was ist denn das für ein bescheuertes Argument?«, hab ich ihn gefragt.
Und er so: »Das ist gar kein Argument, die Karre ist einfach nur geil.«
Und ich so: »Wenn sich hier mal alles in eine Wüste verwandelt hat, wegen der scheiß Erderwärmung, und nirgends mehr ein Baum steht, dann hast du auch nichts mehr von einer geilen Karre.«
Aber er so: »Die hat doch Klimaanlage.« Und er grinste mich an.

Das machte mich voll wütend, dieses arrogante Grinsen von dem.
Ich so: »Und wenn der Meeresspiegel steigt und immer wieder Flutkatastrophen kommen und alles weggespült wird, was machst du dann mit deiner geilen Karre?«
Da hat Sadiq mich bloß eine Weile sehr intensiv einfach nur angeguckt. Und dann hat er mich gefragt: »Warst du schon mal in der Wüste? Oder auf dem Meer?«
»Nee«, hab ich gesagt.
Denn ich war ja wirklich noch nie in der Wüste gewesen. Und auch nicht so richtig auf dem Meer. Also das mit der Fähre nach England zählt nicht, das fühlte sich eher so an wie in einem schwimmenden Kaufhaus als wie auf dem Meer.
Aber das hab ich alles nicht gesagt, ich hab nur intensiv zurückgeguckt, weil ich mir plötzlich vorstellen musste, wie er zu Fuß durch die Wüste wandert, einen Koffer in der Hand, oder wie er mit hundert anderen Leuten in einem überfüllten Schlauchboot sitzt, das von den Wellen hin und her geworfen wird. Ich wusste ja gar nichts über ihn, also damals noch nicht, aber irgendwer hat mal irgendwem erzählt, dass Sadiq aus einem Flüchtlingsheim käme, und da fielen mir gleich die krassesten Sachen ein.
Ich hätte eigentlich gern gefragt: Und du?
Aber ich hab mich nicht getraut, weil ich Angst hatte, ich würde vielleicht irgendwas aufwühlen in ihm, was er gar nicht will. Oder andersrum – dass er mir was erzählt, das ich gar nicht hören möchte, wenn ich ehrlich bin.

Also haben wir uns einen Moment lang angeschwiegen.
Und das hat sich komischerweise ~~total schön~~ ganz okay angefühlt, gar nicht peinlich oder so.
Und dann hat er irgendwann mit den Schultern gezuckt und meinte so: »Na ja, egal, ich werd mir eh niemals so eine Karre leisten können. Und du hast natürlich recht, mit der Erderwärmung und so weiter. Und eigentlich finde ich das auch mutig, was diese Leute da tun. Also klar, sie müssen keine Angst haben, dass sie getötet oder gefoltert werden, vielleicht kommen sie nicht mal in den Knast deswegen, aber sie werden trotzdem fetten Ärger kriegen. Und anscheinend ist es denen das wert. Schön für die.«
Das sagt man ja sonst eigentlich ironisch. »Schön für die.« Also so abwertend. Aber er meinte das nicht abwertend, sondern er guckte ganz ernst.
Und da hab ich so gedacht: ja, wirklich schön für die. Die haben was, wofür es sich zu kämpfen lohnt, und das machen die einfach, ganz egal, was sie dabei riskieren. Ich hätte da gerne noch mehr mit Sadiq drüber gesprochen, aber ich konnte meine Gedanken gar nicht in Worte fassen, und da hat er auch schon auf die Uhr geguckt und meinte so, wir müssten jetzt echt mal weitermachen, weil, er hätte nachher noch Training.
Wir haben uns also beeilt und noch ein paar gute Bilder in die Präsentation kopiert. Bilder von Leuten, die Kunstwerke mit Essen bewerfen oder die auf Kühltürme von Kraftwerken klettern oder die sich von Autobahnbrücken abseilen oder

die auf Bäumen kampieren … Insgesamt muss man wohl gut klettern können, so als Aktivist*in, dachte ich, aber da gab es auch einen Bericht über eine ganz harmlose Aktion: Eine Gruppe, sie nennen sich »Tyre Extinguishers«, lassen bei SUVs die Luft aus einem Reifen. Und stecken einen selbst gebastelten Strafzettel hinter die Windschutzscheibe, so nach dem Motto: Ihr Riesenauto macht nicht nur das Klima kaputt, es ist auch eine tödliche Gefahr für alle anderen im Straßenverkehr und raubt außerdem extrem viel Platz in einer Stadt.

»Sollen wir das überhaupt erwähnen? Oder lieber nicht?«, überlegte ich.

»Warum denn nicht?«, fragte Sadiq.

»Weil das so harmlos ist im Vergleich zu den anderen Aktionen«, sagte ich.

»So harmlos nun auch wieder nicht«, meinte er.

Und ich so: »Ja, ich versteh schon, du liebst diese Autos.«

Da hat er wieder gegrinst und so den Kopf schräg gelegt und gemeint: »Wusstest du, dass der Gusenhöfer auch so 'ne Karre fährt?«

Ich so: »Nee, wieso?«

Er so: »Land Rover Discovery. Kostet locker 70.000 Euro.«

Und ich so: »Worauf willst du hinaus?«

Da hat er noch mal gegrinst und meinte: »Irgendwo müssen wir ja mal anfangen.«

Und ich so: »Hä?«

Ich hab es in dem Augenblick wirklich nicht geschnallt. Ich

dachte ja, er fände diese Klimaproteste grundsätzlich doof oder unnötig oder was weiß ich.
»Na, wir können doch dem Gusenhöfer mal die Luft rauslassen.« Wieder das Grinsen. »Einfach als Teil unseres Referats. Ich meine – es heißt schließlich Praktische Philosophie und nicht Theoretische.«
Ich sah ihn an.
Der meinte das ernst.
Ich sagte: »Du meinst das ernst.«
»Ich mein das ernst.« Er nickte.
Dann stand er auf, guckte wieder auf die Uhr. »Vielleicht ist er noch da? Der Gusenhöfer, meine ich. Vielleicht steht sein Auto noch auf dem Lehrerparkplatz?«
»Was ... jetzt?«
Mir wurde ganz heiß. Weil es so ein absurder Gedanke war, dachte ich in dem Moment. Aber Quatsch, denn wär das für mich wirklich absurd gewesen, wäre mir ja gar nicht heiß geworden, ich hätte nur cool gelächelt. Es war aber gerade NICHT absurd für mich. Ich konnte es mir wirklich vorstellen. Darum wurde mir plötzlich heiß. (Fast so heiß wie gestern Abend. Aber dazu später.)
»Wollen wir?«, fragte Sadiq.
Da hab ich auch auf die Uhr geguckt und schnell gesagt: »Nee, du ... du musst doch zum Training.«
Und er darauf nur so: »Okay.«
Dann hat er seine Tasche gepackt und ist los. Und das Auto vom Gusenhöfer ist an dem Tag noch mal davongekommen.

Puh, jetzt tut mir die Hand weh. Morgen schreib ich weiter. Ich muss jetzt noch ein bisschen über die Sache gestern nachdenken.

Man kann es richtig sehen, dass Paulines Hand wehtat. Die letzten Zeilen werden immer krakeliger. Du vermutest, dass sie in großer Eile geschrieben hat. Oder mit großem Eifer. Mit Wut im Bauch.

Du blätterst noch einmal ganz nach hinten.

Der letzte Eintrag, also bevor Pauline vorhin in der Straßenbahn ihre Handynummer notiert hat, stammt von heute. 4. November. All die beschriebenen Seiten in diesem Buch umfassen also einen Zeitraum von etwas mehr als einem Monat. Fünf Wochen vielleicht, wo in Paulines Leben anscheinend ganz schön viel passiert ist. Wobei – nein, das stimmt nicht, denn am Anfang schreibt Pauline ja eine Art Rückblick darauf, was zwischen Juni und September passiert ist.

Du könntest natürlich von hinten nach vorne lesen, dann wüsstest du schneller, um was es hier eigentlich geht. Aber dir wird rasch klar, dass du dann höchstens die Hälfte kapieren würdest.

Du holst dir etwas zu trinken, dann wirfst du dich wieder aufs Bett und schlägst das Tagebuch nochmals von vorne auf, blätterst bis zu der Stelle, die du gerade gelesen hast. Danach beginnt der zweite Eintrag.

2. Oktober (Sonntag)

Gestern Morgen, auf dem Weg nach Hause von unserer nächtlichen Messer-Aktion, hatte ich extra den »Anzeiger« gekauft. Und Brötchen. Es sollte wie eine reine Nettigkeit wirken, Frühstück mit Zeitung, und meine Mutter hat sich tatsächlich gefreut. Hat gefragt, wie meine Übernachtung bei meiner neuen Freundin war, und hat sich ansonsten in ihr Handy vertieft.

So hatte ich die Zeitung für mich, aber im »Anzeiger« stand natürlich nichts drin, also nichts über ... uns. Aber wie auch. Was wir getan hatten, war ja erst ein paar Stunden her, da war die Zeitung sicher schon im Druck, darüber hatte ich in meinem übernächtigten Kopf gar nicht nachgedacht. Und heute ist Sonntag, da gibt es gar keine Zeitung.

Ich weiß auch gar nicht, was da über uns in der Zeitung stehen könnte.

Und eigentlich war ich ja dabei aufzuschreiben, wie die ganze Sache angefangen hat. Also zurück in den Juni, zwei Wochen vor den Sommerferien.

Das Referat für PP.

Das lief einfach gut. Extrem gut. Viel zu gut.

Also auch, was Sadiq und mich betrifft. Wir redeten immer abwechselnd, warfen uns richtig gut die Bälle zu (im übertragenen Sinn) und harmonierten richtig gut, so als

würden wir dauernd gemeinsam im Duett auftreten.
Aber was ich eigentlich meine: Es ging einfach glatt durch, wir lieferten eine routinierte Show, es gab Applaus von den anderen, und zwei, drei Leute waren so nett, die eine oder andere harmlose Nachfrage zu stellen, das findet der Gusenhöfer nämlich immer wichtig.
Wir kriegten beide eine glatte Eins. Das ist sogar in PP nicht immer selbstverständlich. Danach blieben noch zehn Minuten für eine Diskussion im ganzen Kurs. Ein paar meinten, Proteste wären wichtig und müssten noch radikaler werden, ein paar andere sagten, das würde eh alles nichts mehr bringen, der Planet wär ja längst am Arsch. Bestimmt gibt es auf der Schule auch Leute, die sagen würden, dass das Ganze falsch und böse und sowieso kriminell ist, und dass man solche »Zecken« in den Knast stecken sollte. Also solche Aktivist*innen. Das sagte aber keine*r. Entweder sie trauten sich nicht oder aber so Leute wählen gar nicht PP als Kurs. Obwohl also alle da mehr oder weniger derselben Meinung waren, ärgerte mich das Gespräch. Oder gerade deswegen. Darum sagte ich laut vor den ganzen Leuten: »Ist ja ganz schön, dass wir jetzt 'ne glatte Eins gekriegt haben. Aber was wir brauchen, ist eine Eins Komma fünf.«
Keine Ahnung, wo das plötzlich herkam. Ein Geistesblitz von mir. Oder im Gegenteil, ein kompletter Aussetzer, denn Sadiq sah mich verstört an, die anderen im Kurs guckten, als hätte ich den Verstand verloren. »Eins Komma fünf Grad, Leute«, rief ich in den Raum. »Das Ziel, das die Welt sich

mal gesetzt hat. Nur, wenn es nicht mehr als 1,5 Grad wärmer wird, ist das Klima überhaupt noch zu retten. Aber das schaffen wir doch nicht, wenn wir hier jetzt nur sitzen und rumlabern. Sorry, das geht nicht gegen Sie.« Damit meinte ich den Gusenhöfer. »Shit, Leute, wir müssen unser Leben ändern. Die Welt ändern. Wenn wir hier nur alle sitzen und nicken, ändert sich genau gar nichts.«

»Guter Punkt, Pauline«, sagte der Gusenhöfer, der mich als Einziger im Raum nicht anguckte, als sei ich jetzt vollkommen blöd geworden. »Guter Punkt, wirklich«, wiederholte er. »Das wird ein gutes Referatsthema nach den Ferien. Nennen wir es: Philosophie-Unterricht – Themen von Relevanz oder folgenloses Geschwätz?«

Alle lachten, und die Spannung im Raum löste sich, als wäre das ein Gag, den der Lehrer und ich vorher abgesprochen hätten.

»Nichts für ungut«, sagte er (keine Ahnung, wie er das meinte), »nächste Woche gucken wir einen Film.«

Na ja, und das war's dann.

Auf dem Weg nach draußen raunte Sadiq mir zu: »Musste das jetzt sein? Wir haben doch so gut performt.«

»Ach«, hab ich gebrummt, »wir könnten noch Tausende solcher Referate halten ...«

Und da ist er mir ins Wort gefallen und meinte: »Ja, find ich auch! Wir sind das totale Dreamteam.« Und strahlte mich so an. Da dachte ich zum ersten Mal, dass er mich vielleicht nett findet.

Aber mir ging es ja um was völlig anderes, darum hab ich zum zweiten Mal angesetzt: »Wir könnten noch Tausende solcher Referate halten, und es würde sich nix ändern. Absolut nix. Nix, nix, nix.«
Da hat er mit den Schultern gezuckt und meinte nur so wie nebenbei: »Der Wagen vom Gusenhöfer steht auf dem Lehrerparkplatz.«
Da ist mir wieder heiß geworden. Noch mehr als ein paar Tage zuvor in der Bibliothek, und ich hab nur genickt und nichts gesagt, weil mein Mund plötzlich ganz trocken gewesen ist.
Diese Karre ist übrigens wirklich riesenhaft, dieser SUV, wenn du direkt danebenstehst. Und wenn du in die Hocke gehst und dir vorstellst, du wärst zum Beispiel ein Kindergartenkind auf einem kleinen Laufrad, und der Wagen würde jetzt abbiegen ... du hättest null Chance. Das Auto ist wie ein Kampfpanzer, echt. Und doch verwundbar. Einfach die Kappe von dem Reifenventil abschrauben. Ein klitzekleines Steinchen vom Boden aufheben und in das Ventil reindrücken, sodass der kleine Stift darin nach unten gepresst wird. Dann die Kappe wieder draufschrauben. Ein Ohr an den riesigen Reifen legen und hören, wie es leise zischt.
Im selben Moment bekam ich einen Megaschreck! Gerade noch hatten wir ein Referat über solche Aktionen gehalten. Wenn der Gusenhöfer nicht ganz blöd war, musste er sich doch denken, dass wir das waren.
Aber Sadiq meinte nur, klar, komischer Zufall, der würde

sich zumindest denken, dass das mit der PP-Stunde zusammenhängt.
»Aber das kann ja jeder aus dem Kurs gewesen sein«, meinte er. »Wir oder jemand anders.«
»Auf jeden Fall gehören wir zum Kreis der Verdächtigen«, sagte ich.
Das heiße Gefühl war weg, mir war plötzlich nur noch flau im Magen.
»Cool, oder?«, meinte Sadiq.
Und da merkte ich es auch. Ja, cool. Es hat mich gekickt. Mir gefiel auf einmal die Vorstellung, dass jede*r weiß, wir KÖNNTEN es gewesen sein. Aber niemand kann es beweisen.
Noch ein kurzer Schreckgedanke – gibt es auf dem Parkplatz irgendwelche Überwachungskameras?!
Spoiler: Nein. Ich hab es in den Tagen danach mehrmals gecheckt, da sind keine.
Und noch ein letzter Schreck: Was, wenn der jetzt losfährt, der Gusenhöfer, und einen Unfall baut, wo vielleicht jemand verletzt wird? Er selbst? Oder ein Kindergartenkind auf einem Laufrad?
Aber Sadiq meinte, nee, der Bordcomputer von der Karre würde sofort melden, dass was nicht stimmt.
Und so war es auch. Jedenfalls hatte ich an dem Tag nach der Mittagspause noch Sport, und als ich anschließend aus der Turnhalle kam, sah ich ein ADAC-Auto auf dem Parkplatz stehen, direkt neben dem Land Rover Discovery vom Gusenhöfer.

Er hat übrigens niemals ein Wort darüber verloren. Der Gusenhöfer. Auch sonst niemand. Keine Durchsage von der Direktorin am nächsten Tag, kein Elternbrief oder was halt sonst läuft, wenn es an der Schule irgendwelche »Vorkommnisse« gibt. Nicht mal in der nächsten PP-Stunde irgendeine Andeutung. Als wär nix gewesen.
Und dann kamen ja auch schon die Ferien.

Eigentlich war der Sommer total schön. Sonne satt, Hitze, Freibad. Aber die Freibadwiese – nur noch stoppelkurzes, piksiges Braungelb. Überhaupt alle Wiesen. Und Felder. Und Wälder. Die Blätter an den Bäumen haben sich zusammengekräuselt und im Wind geraschelt wie Löschpapier. Auch mein Sommerfeeling hat sich zusammengekräuselt. Mir war natürlich vorher schon klar gewesen, was der Klimawandel ist. Und ich bin auch schon bei einer Demo von FFF mitgegangen. Aber so richtig ist es mir erst in diesem Sommer bewusst geworden: dass unsere Welt unweigerlich zu Asche und Staub verbrennt. Dass es vielleicht in ein paar Jahren keine Freibäder mehr geben wird, weil einfach zu wenig Wasser da ist für solche Freizeitsachen. Und wenn heute Leute aggro werden wegen ein paar Zehntausend Geflüchteten – was soll in 20 oder 30 Jahren abgehen, wenn Hunderte Millionen ihre Länder verlassen müssen, weil diese Länder schlicht unbewohnbar geworden sind? Was aber nicht deren Schuld ist, sondern die von uns in Europa und Amerika?

Ich glaube nicht, dass die Mehrheit der Deutschen das auch nur ansatzweise schnallt: dass unsere Art zu leben einfach tödlich ist, und dass die Welt, wie wir sie kennen, dem Untergang geweiht ist. Ich hab mir gewünscht, dass es irgendwas gäbe, was ich machen könnte. Immerhin haben Sadiq und ich einen SUV kurzzeitig aus dem Verkehr genommen (ha, gutes Wortspiel), ja ja, ganz toll. Aber wir haben, anders als die »echten« Tyre Extinguishers, noch nicht mal einen Zettel hinterlassen, keine Botschaft oder was, womit wir den Sinn unserer kleinen Aktion erklären würden. Vielleicht dachte der Gusenhöfer am Ende auch nur, dass das jemand gewesen ist, der oder die von ihm eine 5 in Mathe gekriegt hat. Da wären wir ja nicht mal verdächtig gewesen, Sadiq und ich. Und ich glaub von heute aus gesehen, der Gedanke hat mich enttäuscht. Ich wär halt gern ein bisschen verdächtig gewesen.☺

Und ich hätte mich auch gern noch mal mit Sadiq getroffen, aber wir sind uns nicht über den Weg gelaufen. Und schreiben wollte ich ihm auch nicht, mir fiel irgendwie nix ein.

Wenn ich jetzt in meinem alten Tagebuch lese, dann merke ich, dass ich nichts darüber geschrieben habe, bloß über den Bretagne-Urlaub und so. Dabei bin ich mir sicher, dass ich die ganze Zeit daran gedacht hab. Aber anscheinend hatte ich gar keine Worte dafür ... Und als das neue Schuljahr anfing, gab es ja genug andere Themen: Yeah, endlich Oberstufe! Erst mal schnallen, wie jetzt das Kurssystem funktioniert, welche Räume, wer mit wem, blabla. Vic hab

ich nur am Rande wahrgenommen. Und nicht mal sie selbst, sondern den Kampfpanzer, mit dem sie vorgefahren kam: BMW X7.
Hab ich natürlich nicht selbst erkannt, ich interessiere mich ja nicht die Bohne für Autos, aber plötzlich – Zufall? Karma? – stand Sadiq neben mir und sagte das.
Und dann stieg Vic hinten aus und stolzierte Richtung Eingang.
Ich hab eben noch mal geguckt, was ich an dem Tag abends in mein altes Tagebuch geschrieben hatte, am 31. August:

> Und dann ist da noch eine Neue in der Stufe: Victoria Barkhausen. So eine mega-rich Tussi, sieht man gleich, vor allem, weil sie nicht mit Röckchen und High Heels ankommt, sondern im Jogging-Look, aber alles absolut geleckt, Hose und Hoodie, Turnschuhe und Handtasche perfekt abgestimmt, sogar die Sonnenbrille passt dazu. Keine Ahnung, warum ich sie sofort scheiße finde – bin ich neidisch auf ihr Geld, oder was? Hab noch kein Wort mit ihr geredet.

Und am 3. September hatte ich geschrieben:

> Okay, jetzt weiß ich, warum ich V. B. scheiße finde: Ihren Eltern gehört ein eigenes Modelabel. Ein Billiglabel, um genau zu sein. Fast Fashion, nennt man so was (ziemlich beschönigend). So T-Shirts für 4 Euro, die wahrscheinlich von Kinderarbeiter*innen in Bangladesch produziert werden. Ausbeutung,

klimaschädlich. Hauptsache, billig. Sie selbst trägt das bestimmt nicht, aber ihre Eltern machen offenbar extrem fett Kohle damit. Haben jedenfalls ein paar Leute erzählt. Geredet hab ich mit ihr noch immer nicht. Aber OMG, sie ist in meinem Deutsch-Kurs. Sadiq übrigens auch. Er hat mich heute wieder so angeguckt. Und vorhin hab ich, einfach so, von der Website der Tyre Extinguishers eine Vorlage runtergeladen für den »Strafzettel«, den sie immer an die Autos pinnen, wo sie die Luft rauslassen. You never know.☺

Der letzte Satz war damals sehr weise von mir. Ich wusste nicht nur nicht – ich hatte nicht mal den Hauch einer Ahnung, wie sehr ich nicht wusste, dass Vic ~~mein~~ unsere Leben komplett durcheinanderwirbeln würde.
So, genug geschrieben für heute, jetzt muss ich erst mal in den Stall.

Und du musst jetzt erst einmal googeln. Du schnappst dir dein Handy und gibst den Nachnamen von Victoria ein: *Barkhausen*. Und dazu das Suchwort: Fast Fashion.

Als Ergebnis bekommst du eine Liste mit Websites zu einer Firma namens CheepTex. Schon mal gehört? Du bist dir nicht sicher. Ganz oben in den Suchergebnissen stehen natürlich Werbeanzeigen. Du gehst weiter nach unten, siehst Links zur Website von CheepTex, zu Onlineshops, zu News-Seiten, eine Schlagzeile springt dir ins Auge:

Sabotage: Immer wieder trifft es CheepTex.
Wer ist die mysteriöse Gruppe TOO HOT?

Und dieses *TOO HOT* kommt dir tatsächlich bekannt vor. Seit ein paar Wochen taucht es immer wieder in den Nachrichten auf.

Wer ist die mysteriöse Gruppe TOO HOT?

Wenn dich nicht alles täuscht, liegst du mit der Antwort auf diese Frage gerade in deinem Bett.
Dein Finger will die Suchergebnisse auf deinem Handybildschirm antippen, aber dein Kopf will lieber weiter in dem Tagebuch lesen, weil sonst alles mit allem durcheinanderwirbelt ...

Immer noch 2. Oktober (immer noch Sonntag), abends

Eigentlich wollte ich erst morgen weiterschreiben, aber ich bin so randvoll von Gedanken, ich laufe richtig über und weiß nicht wohin damit, also am besten einfach aufs Papier, das hilft beim Klarkriegen.

Zum Beispiel würde ich gern klarkriegen, wer eigentlich die Idee hatte, dass wir den BMW X7 von Victorias Mutter ein bisschen entlüften – Sadiq oder ich? Vielleicht wir beide gleichzeitig. Ich weiß jedenfalls noch, wie wir uns im Untergeschoss bei den Spinden begegnet sind, er so kurz: »Hi«, ich so kurz: »Hi zurück«, wir haben uns ja meistens nur knapp gegrüßt, so im Vorübergehen, denn abgesehen davon, dass wir zusammen dieses Referat gehalten haben, kannten wir uns gar nicht.

In dem Moment kam Victoria um die Ecke gebogen, Handy am Ohr, genervter Blick, »Jajajaja, Mama, ist klar ...« Sie sprach überlaut, und wenn ich heute so daran zurückdenke, kommt mir beinahe der Verdacht, sie hätte das extra für uns inszeniert, damit wir Bescheid wissen. Quatsch.

(Ich merke, ich schreibe hier ab und an ihren vollen Namen: Victoria. Denn zu dem Zeitpunkt nannten wir sie ja noch so. Bzw. wir nannten sie eigentlich noch gar nicht, wir hatten bis dahin kaum ein Wort gewechselt.)

»Dann schick mir halt die Adresse von diesem Doktor Yilmaz«, blökte sie ins Handy. (Also das ist jetzt sehr unfreundlich von mir formuliert, aber damals hörte es sich für mich genauso an, denn ich fand sie einfach mega unsympathisch.) »Ja, fünfzehn Uhr dreißig, ist klar, Mama ... nein, lass uns einfach vor der Tür treffen, okay? Bis nachher.« Dann steckte sie das Handy ein, öffnete ihre Tasche und zog zwei Bücher heraus, um sie im Spind zu verstauen. Dabei hielt sie inne, drehte sich zu uns um und fragte: »Was glotzt ihr denn so?«
Sadiq und ich wechselten nur einen Blick.
Victoria schob die Bücher in den Spind und zog wieder ab.
Sadiq sah mich an. Durchdringend, irgendwie. »Der Wagen«, sagte er.
»Der Wagen«, wiederholte ich, holte mein Handy raus und gab »Doktor Yilmaz« in die Suchleiste ein, hielt ihm das Ergebnis vor die Nase. »Ein Zahnarzt«, sagte ich. »Nur ein paar Straßen von hier entfernt.«
Mehr brauchten wir nicht besprechen, wir hatten beide denselben Gedanken, so als wären wir in Wahrheit schon seit Jahren ein eingespieltes Team, er und ich. Wir wussten, dass wir normalerweise nie an das Auto von Vics Mutter rankommen würden; nicht morgens, wenn sie ihre Tochter zur Schule brachte, und auch nicht bei ihr zu Hause, denn obwohl wir ja zu diesem Zeitpunkt noch nie bei ihr gewesen waren, konnten wir uns denken, dass so eine Karre in der Garage steht und nicht an der Straße.

»Hast du heute um 15 Uhr 30 schon was vor?«, fragte Sadiq und grinste.
»Allerdings«, gab ich zurück, grinste auch und zog den »Strafzettel« aus meinem Rucksack, den ich mir ausgedruckt hatte.
Wir hatten Schule bis kurz nach drei und mussten uns dann beeilen, aber so, dass Victoria sich nicht von uns verfolgt fühlte. Sie ging weit vor uns und drehte sich kein Mal um. Warum auch. Als wir in die Straße einbogen, sah ich schon den fetten BMW am Bordsteinrand stehen. Frau Barkhausen stieg aus und hatte denselben genervten Gesichtsausdruck wie ihre Tochter, was witzig aussah. Irgendwie süß, dass Victoria nicht allein zum Zahnarzt ging, aber na ja, vielleicht machten sie ein Mutter-Tochter-Date daraus.
Die beiden verschwanden in einem Hauseingang, und wir warteten eine Weile, bevor wir uns heranwagten. Ein Mann mit Kinderwagen und Hund ging vorüber, dann kam ein Paketbote an, lieferte Päckchen ab und düste weiter, dann war die Luft endlich rein. Wir hockten uns neben das Auto und ich drehte beim Hinterreifen die Kappe des Ventils ab.
In dem Moment klackte es im Innern des Autos. Es war das Geräusch, mit dem die Verriegelung entsichert wurde. Wir erstarrten, und dann fuhr Victorias Stimme schneidend in mein Hirn: »Was soll das werden?«
Da stand sie vor uns, in der einen Hand den Autoschlüssel.
»Euer Pech, dass meine Mutter ihr Handy im Auto vergessen hat«, sagte sie. »Also – was wird das?«

Mir fiel nicht die geringste Ausrede ein. Es gab schlicht keine, auch wenn ich hundert Jahre überlegt hätte.
Also stand ich einfach auf, hielt ihr den »Strafzettel« hin und sagte: »Wir neutralisieren euren Kampfpanzer.« Oder so was in der Art, ich weiß nicht mehr genau, was ich wörtlich gesagt habe, nur, dass es in meinen Ohren gut klang. Wir waren dabei, eine Straftat zu begehen (glaub ich jedenfalls, so genau hab ich das bis heute nicht geschnallt, wie illegal das jetzt wirklich ist, wenn man ein Reifenventil aufdreht, spielt aber auch keine Rolle mehr, nach alldem, was seit dem Tag passiert ist ...), wir waren also gerade auf frischer Tat ertappt worden, aber statt mich schuldig zu fühlen und kleinlaut zu werden, spürte ich Wut und Mut in mir.
Da verdrehte sie bloß die Augen und öffnete ihre Handtasche. Ich weiß noch, ich rechnete damit, dass sie jetzt ein Pfefferspray rausholt oder einen Elektroschocker oder so was, keine Ahnung, jedenfalls war ich komplett verwirrt, als sie stattdessen plötzlich eine Nagelschere in der Hand hielt.
»Macht mal Platz, ihr Amateure«, brummte sie, hockte sich neben den Reifen und drückte die spitze Schere mit ganzer Kraft in das dicke Gummi. Schließlich zischte es. Fassungslos sahen wir zu, wie sie sich erhob, ihren Pulli glatt zog und die Schere wieder in der Handtasche verschwinden ließ. Sie öffnete die Beifahrertür und nahm das Handy, warf die Tür wieder zu, ließ mit dem

Autoschlüssel die Verriegelung zuschnappen und sagte:
»Wir drei sind uns hier nicht begegnet, klar?«
Sie wollte sich schon abwenden und wieder reingehen, doch dann hielt sie inne und nahm mir den »Strafzettel« aus der Hand. Ich war immer noch so perplex, dass ich es geschehen ließ. Sie überflog ihn, dann zuckte sie mit den Schultern und klemmte das Papier unter den Scheibenwischer.
»Bye.« Damit verschwand sie im Gebäude.
»What the fuck«, murmelte Sadiq.
»Aber echt«, machte ich.
»Hast du ihr Gesicht gesehen?«, fragte er.
Das hatte ich. Voller Zorn. Hass. Grimm. Ja, Grimm ist ein gutes Wort. Ein altes, ungewöhnliches Wort, aber es passt total. Da war nichts mehr von diesem immer leicht genervten Ausdruck gewesen, den sie den ganzen Tag durch die Schule trug. In dem Moment, als sie in den Reifen vom Auto ihrer Mutter stach, sah sie zum ersten Mal richtig lebendig aus, finde ich.
Wir sind dann einfach nach Hause gegangen.

Am nächsten Tag – das war so strange, Victoria hat uns kein bisschen beachtet, so als wäre das mit dem Auto nie passiert. Sadiq und ich haben in den folgenden Tagen immer wieder mal in der Pause zusammengestanden und darüber gesprochen, was das jetzt wohl eigentlich war, was da in ihr vorgehen mochte, aber wir haben es irgendwie nicht hingekriegt, sie mal darauf anzusprechen.

Dafür hat Aischa mich gefragt, ob da was läuft. Ich hab erst gar nicht geschnallt, worauf sie hinauswollte ... sie meinte mich und Sadiq! Ich hätte ihr am liebsten erzählt, was wir gemacht hatten bzw. nee, was wir ja letztlich NICHT gemacht hatten, denn wir hatten dem Auto ja kein Haar gekrümmt (okay, komische Metapher, geb ich zu), es war ja Victoria gewesen, die den Reifen platt gestochen hat, aber das konnte ich Aischa nicht erzählen. Obwohl ich es gern getan hätte. Es war so verrückt, dass ich es am liebsten überall erzählt hätte. Das ging halt nicht, ich konnte nur mit Sadiq darüber sprechen, sonst mit niemandem.

Bis wir es irgendwann nicht mehr aushielten, er und ich, wir mussten endlich mal mit Victoria reden. Wir suchten uns einen günstigen Moment, um uns in der Mensa zu ihr zu setzen, als sie allein an einem Tisch saß.

Sie guckte von ihrem Essen hoch und wirkte kein bisschen überrascht, sie meinte bloß: »Na endlich, ich dachte schon, ihr sprecht mich nie an.«

»Du machst halt nicht den Eindruck, dass du gerne angesprochen wirst«, sagte ich.

Das war gemein von mir, aber ich konnte es mir nicht verkneifen. Sie schien das gar nicht gemein zu finden.

»Wie hat deine Mutter auf den zerstochenen Reifen reagiert?«, wollte Sadiq von ihr wissen.

»Die ist natürlich komplett ausgetickt«, sagte Vic, es klang höchst zufrieden. »Hat sofort Anzeige erstattet.«

»Ich versteh das nicht«, hab ich dann gemurmelt.

Und sie so: »Na ja, sie war halt sauer, weil wir eine Werkstatt anrufen mussten, und darum hat sie einen wichtigen Termin verpasst und außerdem ...«
Aber ich so: »Das meine ich doch gar nicht. Was ich nicht verstehe – warum hast DU das gemacht? Nicht nur, dass du uns nicht verraten hast, sondern dass du auch noch ... na ja.«
Und sie so: »Das ist 'ne lange Geschichte.«
Die wollten wir natürlich hören. Und die Geschichte war wirklich lang. Die Kurzfassung geht ungefähr so: Victoria hat die ersten ca. 12 Jahre ihres Lebens als total verwöhntes Rich Kid verbracht, das den ganzen Tag seine Pferde und Hunde, die Putzfrau und das Au-pair-Mädchen und manchmal sogar die Lehrer*innen rumkommandierte. Dann wurde sie von ihren Eltern in ein Internat gesteckt, wo alle genau so waren wie sie selbst, was sie irgendwie doof fand, wenn ich sie richtig verstehe. Also sie war plötzlich nicht nur niemand Besonderes mehr unter all den anderen Rich Kids, sondern ihr sei auch klar geworden, wie bescheuert dieses Leben eigentlich ist. Es hat in diesem Internat ein paar Freaks gegeben (also das ist jetzt IHR Wort dafür: Freaks), die sich für Klima und FFF und so weiter interessierten. Auch so Rich Kids, die das aber selber scheiße fanden, so privilegiert zu sein, und die was ändern wollten. Also – keine Ahnung – sich selbst, die Welt, jedenfalls irgendwas ändern. Mit denen hat Victoria rumgehangen. Ich hab es aber nicht so verstanden, dass sie irgendwie »aktiv« geworden wären. Und sie waren es auch nicht, die in ihr einen Wandel

ausgelöst haben, das war vielmehr ihre Reise im Sommer. Und das kam so: Ihre Eltern besitzen diese Klamottenfirma, CheepTex. Nach ihrem Willen soll Victoria nach Schule und Uni in die Firma einsteigen und später einmal alles erben. Als ersten Schritt haben sie sie diesen Sommer zu einer Art Praktikum geschickt. Also eher eine Weltreise, aber auch ein Praktikum – eine Praktikumsweltreise. Sie war in Indien, wo die Baumwolle für die T-Shirts von CheepTex herkommt, und in der Türkei, wo aus der Baumwolle Garn gemacht wird. Sie war in Taiwan, wo aus dem Garn Stoff hergestellt wird, und dann in Bangladesch, wo Arbeiterinnen für fast keinen Lohn aus diesen Stoffen T-Shirts schneidern. Die T-Shirts werden dann nach Deutschland geschickt und für eine Handvoll Euro verkauft an Leute, die diese Sachen ein paarmal tragen, bevor sie sie wegschmeißen.
Ich muss gestehen, dass ich bis zu dem Tag null Ahnung hatte, dass diese Firma in unserer Stadt ist. Ich hab den Namen CheepTex schon mal gehört, aber mehr nicht. Und eigentlich IST die Firma auch nicht in unserer Stadt, bloß der FIRMENSITZ, also die Büros von Victorias Eltern und ein paar Mitarbeiter*innen, der Rest ist ja über die ganze Welt verteilt. Es gibt auch noch ein Lagerhaus am Stadtrand, aber das steht leer, weil die Container mit den Klamotten, die per Schiff aus Bangladesch kommen, direkt in die ganzen Läden und Kaufhäuser verteilt werden und nicht mehr zwischengelagert werden müssen. Das nennt man »Just in time-Produktion«, und das spart noch mehr Kosten und

sorgt für noch mehr Gewinn. Victorias Eltern scheinen mega stolz auf ihre Firma zu sein und erwarten, dass ihre Tochter das auch so empfindet. Und bis zu diesem Sommer war es wohl auch so. Aber was Victoria in Bangladesch gesehen hat, scheint ihr Leben für immer verändert zu haben. Jedenfalls hat sie uns das so erzählt, und ich glaube ihr das.

»Das sind Sklaven, versteht ihr? Meine Eltern halten Sklaven!« Sie hat geflüstert, als hätte sie Angst, dass uns jemand belauscht. Dabei waren wir zu dem Zeitpunkt schon fast allein in der Mensa. Die Mittagspause war bereits vorbei und die meisten Leute waren längst wieder im Unterricht. Aber uns war das egal, Sadiq und mir, wir konnten uns nicht von ihr und ihrer Geschichte lösen, wir hingen an ihren Lippen, wie man so sagt, scheißegal, ob wir zu spät zum nächsten Kurs kamen.

»Also sie halten nicht wirklich Sklaven«, fuhr Victoria fort, »denn die Fabrik in Bangladesch gehört nicht CheepTex, genauso wenig wie die Baumwollfelder in Indien oder die Fabriken in der Türkei und in Taiwan, aber CheepTex kauft die Sachen und diktiert die Preise, sie kaufen so billig, dass die Arbeiterinnen gar nicht besser bezahlt werden KÖNNEN. Und am schlimmsten fand ich, dass da dauernd das halbe Land unter Wasser steht. Jedenfalls in den Städten, die ich gesehen hab ... Hier.« Sie zeigte uns Bilder auf dem Handy. Eine Großstadt mit Hochhäusern, Geschäften, Restaurants, die Straßen kniehoch überflutet, Menschen waten hindurch, Fahrräder und Rikschas ziehen Kielwasser hinter sich her. »Meine Eltern beuten diese Menschen aus, und dann lassen sie sie absaufen«, sagte sie dumpf. »Der Meeresspiegel steigt, die Gletscher im Himalaya schmelzen, der Monsun spielt verrückt …«

Sadiq unterbrach sie: »Und du findest, dass deine Eltern am Klimawandel schuld sind, weil ihr dieses fette Auto habt?«

»Ja, das auch«, brummte sie. »Und vor allem wegen CheepTex. Habt ihr 'ne Ahnung, wie viel CO_2 das alles verursacht? Die Herstellung und dieses Herumschicken der Materialien quer über den ganzen Planeten? Und es wird immer mehr, mehr, mehr produziert, weil die Leute hier immer billig, billig, billig wollen. Fast Fashion eben.«

Ich sah die Verachtung in ihrem Blick. Und auch Sadiq sah sie, denn er guckte plötzlich zur Seite, als wäre es ihm peinlich. Und dann hat er gemurmelt: »Es gibt eben viele Leute, die sich keine teuren Markenklamotten leisten können.«

»Es gibt ja auch Secondhand-Sachen«, hab ich gesagt. Und mir fiel auf, wie Victoria mich kurz von oben bis unten gescannt hat. (Auch wenn sie ihre Einstellungen gründlich geändert hat, bleibt anscheinend doch diese Rich-Kid-Attitüde bei ihr, das fiel mir damals schon auf und fällt mir seither immer wieder mal auf. Vielleicht liegt das einfach in den Genen.)

Sie sagte: »Selbst wenn man den Arbeiterinnen das Doppelte bezahlen würde, würden die T-Shirts nicht unbedingt teurer werden. Nur unsere Firma würde weniger Gewinne machen. Dann hätten wir halt vielleicht nur ein halb so gigantisches Haus, und ich wäre halt vielleicht nicht in so einem teuren Internat gewesen.«

»Warum hast du es denn eigentlich verlassen?« Ich wunderte mich, dass mir diese naheliegende Frage erst jetzt einfiel. »Bist du rausgeflogen?« Ich musste grinsen. »Habt ihr Mist gebaut, du und deine Freaks?«

»Nee, leider nicht. Wir haben nur gelabert, nie irgendwas gemacht. Meine Eltern wollten, dass ich die Oberstufe hier mache und nicht im Internat, damit ich zwischendurch schon in die Firma reinschnuppern kann. Schließlich soll ich sie ja eines Tages leiten.«

»Aber darauf hast du keine Lust«, sagte ich.

»Wenn ich erwachsen wäre und das alles mir gehört, würde ich die Firma verkaufen und das ganze Geld spenden«, sagte sie. (Sie sagte das leichthin, so wie ich das sagen würde, zum Beispiel falls ich im Lotto gewinne, denn ich weiß ja, dass ich nie im Lotto gewinne, ich spiele ja nicht mal Lotto, da sagt sich das leicht: alles spenden. Doch bei ihr ist es ernst – die Firma existiert und sie WIRD alles erben, sie hatte schon den Sechser im Lotto, noch bevor sie geboren wurde. Verrückt.)

»Aber so lange will ich nicht warten«, sagte sie, »ich will jetzt was unternehmen. Ich wusste bloß irgendwie nicht … was und wie. Bis ich euch beide da an unserem Auto gesehen habe.« Jetzt lächelte sie. Ich glaube, das war das allererste

Mal, dass ich sie lächeln sah. »Da hab ich gewusst, ihr seid es.«
Und Sadiq so: »Hä? Wir sind – was?«
Und ich so zu ihm: »Wir sind ihre neuen Freaks.«
Und sie so: »Genau.«
Und Sadiq so: »Okay, Vicky.«
Da hat sie ihn plötzlich böse angefunkelt. »Niemand nennt mich Vicky.«
Oh Shit, sie ist ja wohl selbst der totale Freak.
Und Sadiq so: »Oh, sorry, Victoria«
Und sie hat nachgeschoben: »Ihr könnt Vic sagen, wenn ihr wollt.«

Und jetzt sitze ich hier und frage mich: Sind wir Freaks?
Hab ich mich seit dem Tag immer wieder gefragt.
Die ganze Zeit.
Pauline Hagenbusch, 16, Freak.
Bin ich das?
Ja.
Nach dem, was wir vorletzte Nacht getan haben, auf jeden Fall.
Ich muss schon wieder an die Strichmännchenfamilie denken.

Wir hatten noch ein paar Tage damit gewartet, denn es brauchte ja etwas Vorbereitung. Wir haben die Stadt ausgekundschaftet, ein paar Nachmittage und Abende lang,

haben uns Straßen aufgeschrieben, wo viele SUVs parken. Bzw. zumindest ich musste erst mal rauskriegen, woran man einen SUV eigentlich erkennt. Autos sind für mich wie eine fremde Sprache in einer fremden Schrift. Aber Sadiq hat ein Auge dafür. Und Vic auch. Und dann mussten wir eine Story für die Nacht haben. Ich habe meiner Mutter gesagt, dass es da dieses neue Mädchen in meiner Stufe gibt, und dass ich bei ihr übernachte. Und Vic hat gesagt, dass sie bei mir übernachtet. Meine Mutter und ihre Eltern kennen sich (noch) nicht, da bestand eigentlich so gut wie keine Gefahr, dass wir irgendwie auffliegen. Was Sadiq zu Hause gesagt hat, weiß ich gar nicht. Jedenfalls war es vorgestern Abend so weit bzw. vorgestern Nacht, wir trafen uns kurz nach zwei wie vereinbart an einer einsamen Kreuzung. Da zogen wir uns schwarze Mützen und schwarze Corona-Masken auf. Ich hatte einen dicken Stapel dieser Zettel ausgedruckt und im Rucksack verstaut. Sadiq wollte ein Selfie machen, weil wir drei so krass gefährlich aussahen, aber das haben Vic und ich natürlich nicht zugelassen (O shit, was mir gerade einfällt: Ich muss die Datei mit diesem Zettel und den Browserverlauf dringend von meinem Rechner löschen! You never know, wie gesagt!).
(Oh ... und ich sollte vielleicht dieses Tagebuch immer in meiner abschließbaren Schublade aufbewahren. ☺)
Jedenfalls standen wir kurz darauf vor dem ersten Wagen, einem Porsche Cayenne. Ich hab mich gebückt und wollte das Ventil aufschrauben, während Sadiq und Vic die Straße

beobachten sollten, falls jemand kommt. So hatten wir das abgemacht – immer eine Person »entlüftet« einen Reifen, und die beiden anderen halten Wache.
Ich drehe also die Kappe von dem Ventil ab, da berührt mich Vic an der Schulter. »Warte.«
Und als ich mich zu ihr umdrehe, hält sie ein Taschenmesser in der Hand. »Wenn schon, denn schon«, hat sie gesagt.
Und ich so: »Nee, das war nicht abgemacht.«
Und sie so: »Ich dachte, doch.«
Die Wahrheit ist – wir hatten gar nicht darüber gesprochen, WAS genau wir tun wollten. Aber ich war echt davon ausgegangen, dass wir nur die Luft rauslassen, nicht die Reifen aufschlitzen.
»Das ist ja genau das, was die Tyre Extinguishers so charmant macht«, hab ich noch gesagt, »dass sie im Grunde nichts beschädigen. Sie schlitzen nicht die Reifen auf, zerkratzen nicht den Lack, nichts in der Art.« Ich guckte Sadiq an. »Sag doch auch mal was.«
Statt einer Antwort schob er seine Hand in die Hosentasche und zog ein Springmesser hervor. Dann zuckte er mit den Achseln. »Ich hab es auch so verstanden wie Vic. Beim Auto ihrer Mutter haben wir es ja auch so gemacht.«
Was war das für ein komischer Stich in mir? War ich etwa eifersüchtig, dass Sadiq plötzlich mit Vic auf einer Wellenlänge zu liegen schien? Bullshit.
»Nee, nicht wir«, gab ich zurück, »sondern sie.« Ich drehte mich zu ihr. »Also du«, verbesserte ich, weil es ja unhöflich

ist, in der dritten Person über Anwesende zu sprechen, und das ging mir trotz der Situation durch den Kopf.
»Dann mach ich es eben wieder«, brummte sie. »Geh mal zur Seite.«
Aber ich sagte: »Nein, du machst das nächste Auto.« Ich hielt meine Hand auf.
»Okay.« Sie legte ihr Messer in meine Hand und wandte sich ab, um die Umgebung zu scannen.
Es war eine ruhige Gegend, Einfamilienhäuser, nirgends Licht hinter den Fenstern. Keine Kameras, jedenfalls hatten wir tagsüber keine entdeckt außer am Gartentor von einem der Häuser, aber vom Winkel her konnte die uns nicht erfassen.
»Hau rein«, sagte Sadiq zu mir.
Und das tat ich. Wörtlich. Ich ging in die Hocke, drehte das Messer um und schloss die Faust um den Griff. Holte aus und hieb es, so fest ich konnte, in den Reifen, spürte den Widerstand des Materials, spürte, wie der Gummi nachgab und die Klinge tief hineinfuhr.
Nichts passierte. Das Messer steckte im Reifen, als würde es dahin gehören. Ich packte noch mal zu und bewegte es hin und her, es lockerte sich, der Schnitt wurde breiter und dann kam ein Zischen, so laut, dass ich Angst kriegte, in den Häusern ringsum müssten alle Menschen in ihren Betten davon hochschrecken. Ich spürte die entweichende Luft in meinem Gesicht. Ich richtete mich wieder auf und fühlte mich gut. Voll gut.
»Achtung«, flüsterte Sadiq.

Drei Leute kamen auf E-Scootern die Straße herunter-
gerauscht. Sofort wollte ich wieder hinter dem Auto in Deckung gehen, aber Vic hielt mich davon ab.

»Viel zu auffällig«, flüsterte sie, »wir müssen uns ganz normal verhalten.« Sie hielt mir ihr Handy hin und sagte laut: »Hier, dass musst du dir angucken.«

Die Typen auf den E-Scootern waren drei Jungs, höchstens ein paar Jahre älter als wir, sie witzelten rum, lachten und achteten null auf uns. Schon waren sie an uns vorbeigefahren und um die nächste Straßenbiegung verschwunden.

Ich zog das Messer hervor, das ich instinktiv in den Ärmel meines Pullovers geschoben hatte, und gab es ihr zurück.

»Dann auf zum nächsten Ziel«, sagte sie fröhlich.

Schon setzten wir uns in Bewegung, da fiel es mir ein. Fast hatte ich vergessen, unseren Zettel an die Windschutzscheibe zu klemmen. Das holte ich rasch nach, ohne richtig hinzugucken. Denn auf den Zetteln steht ja nichts vom Aufschlitzen. Komischerweise bekam ich ein leicht schlechtes Gewissen, aber nicht den Besitzer*innen dieses Wagens gegenüber, sondern den Leuten, die sich die Aktion ausgedacht hatten. Denen ist es doch wichtig, dass ihre Aktion gewaltfrei ist. Ohne Sachbeschädigung. Wobei – ich glaube, das sind eher so meine Gedanken jetzt, am Tag danach. Letzte Nacht hatten wir gar nicht so viel Zeit zum Nachdenken, denn da wartete schon der nächste Wagen auf uns und der übernächste ... Wir haben uns immer abgewechselt, wie gesagt: eine*r von uns schlitzte einen Reifen auf, die beiden anderen hielten Wache. Und irgendwann hab ich gemerkt, wie ich richtig drauf hinfieberte, endlich wieder an der Reihe zu sein, das Messer in einen Reifen zu stoßen, die entweichende Luft zu hören und zu spüren – wirklich etwas zu TUN.

Beim übernächsten Auto, Sadiq war gerade an der Reihe und stieß das Messer in den Reifen, ging die Alarmanlage des Wagens los. Ohrenzerfetzend. Wir verzichteten auf den Zettel und rannten weg, in verschiedene Richtungen. Erst aus Konfusion, aber als wir uns zwei Straßen später atemlos wieder sammelten, strahlten wir einander an. Das war richtig cool, als hätten wir das genau so abgesprochen, damit niemand uns alle gleichzeitig verfolgen kann. Eine*r kommt durch.

Oh Shit, das klingt ja jetzt fast wie bei einer Kommandoaktion einer Spezialeinheit oder so – aber so fühlte es sich eben an. Das Adrenalin rauschte durch meine Adern, und ich hatte bis dahin gar nicht gewusst, dass das eine richtige Droge ist. Ich war echt high.

Wir hatten 30 oder 31 Autos entlüftet (wir waren uns zwischendurch beim Zählen nicht mehr sicher), als da dieser Volvo vor uns stand. Hintendrauf ein Aufkleber: eine lustige Strichmännchenfamilie, unter den Figuren stand: Mama, Papa, Mette, Mats, Eumel (Eumel ist anscheinend der Hund). Vic hielt mir das Messer hin. Ich war wieder an der Reihe. Aber ich hab gezögert. Das war plötzlich kein böser

Kampfpanzer mehr, sondern ein Familienauto. Tagsüber saßen echte Menschen da drin. Echte Menschen und ein Eumel.

»Was ist?«, wollte Sadiq wissen.

»Ich weiß nicht …«, hab ich gemurmelt und auf die Strichmännchen gezeigt. »Sollen wir vielleicht mal 'ne Ausnahme machen?«

»Wieso?«

Ich sah ihn an.

»Na ja, was ist, wenn die Kinder morgen unseretwegen zu spät irgendwohin kommen? Zu dem Blockflötenkonzert, für das sie monatelang geübt haben oder zu der Theateraufführung, bei der sie mitspielen?«

»Nehmen sie halt den Bus?«, entgegnete er.

»Oder wenn ein Kind diese Nacht plötzlich krank wird – Mette oder Mats – und sie müssen ganz schnell in die Klinik fahren?«

»Rufen sie einen Krankenwagen?«, gab er zurück.

Ich starrte auf das Messer in meiner Hand wie auf einen rätselhaften Fremdkörper.

»Scheiß drauf«, sagte Vic. »Lässt du dich von so einem Aufkleber verunsichern? Das sieht vielleicht aus wie eine glückliche Familie, aber das ist doch nur Fassade. Stell dir einfach vor, Papa ist irgendein Arschloch-Boss in irgendeiner Arschloch-Firma und vögelt seine Sekretärin, und Mama ist deswegen total frustriert und lässt es an den Kindern aus, und Mette ist die Anführerin einer Mobbing-Clique in

ihrem Kindergarten, und Mats ist so ein Typ, der dem Hund Silvesterknaller an den Schwanz bindet ...«
Sadiq und ich glotzten sie an. Aber wir fragten nicht nach. Stattdessen sah ich mich um. Liebevoll gepflegte alte Häuser standen rechts und links, perfekte Stuckfassaden aus der Kaiserzeit oder so, Altbau mit hohen Decken und Parkettböden und was weiß ich. Ich überlegte, in welchem Haus, welcher Wohnung die 5 wohl leben mochten.
Fassade, dachte ich. Meine Mutter fiel mir ein.
Ich schnappte das Messer, bevor ich es mir anders überlegen konnte, und zerhackte den linken Hinterreifen. Und dann den linken Vorderreifen.
»Psst«, machte Sadiq. Ich wollte schon mit dem rechten Vorderreifen weitermachen, aber Sadiq griff nach meinem Arm. Fast hätte er in das Messer gefasst, und ich erschrak, sah auf und erkannte, dass sich auf der anderen Straßenseite ein junges Pärchen näherte, zwei Frauen, eng umschlungen. Sofort ließ ich das Messer wie vorhin im Ärmel verschwinden, und genau wie vorhin steckten wir drei die Köpfe zusammen, als würden wir uns auf Vics Handy irgendwas Spannendes ansehen. Den Sperrbildschirm, um genau zu sein. Und als ich mich endlich davon löste, waren die beiden Frauen längst vorübergegangen.
»Kurz nach vier«, sagte Vic. »Wollen wir für heute Feierabend machen?«
Feierabend.
>> Als wäre das hier unser Job.

Für heute.
> > Als würden wir das von jetzt an öfter tun.
Aus irgendeinem Grund prägte ich mir den Standort des Wagens ein:
Lüderitzstraße 44.
Bin ich ein Freak?

Du schaust von dem Buch auf und starrst an die Wand deines Zimmers. Dann fällt dir was ein, was du vorhin beim Lesen kaum beachtet hast: Sie hat dir ihren Nachnamen verraten! Natürlich nicht direkt dir, eher sich selbst. Du blätterst ein wenig zurück.

Pauline Hagenbusch, 16, Freak.
Bin ich das?

Jetzt bist du doch neugierig geworden. Du nimmst dein Handy und suchst nach ihr auf Insta. Und da ist sie.

PowerPauli.prv. Eindeutig das Mädchen aus der Bahn. Nur ohne diesen panischen Blick. Und mit langen Haaren. Jedenfalls bis vor wenigen Wochen, mal Bauernzopf, mal ganz offen. Mal mit Partylachen, mal ernst mit Pferd, sie reitet anscheinend. Kein Hinweis auf Messer und aufgeschlitzte Reifen, natürlich nicht. Der einzige Bruch in ihren Beiträgen besteht darin, dass sie ab einem bestimmten Zeitpunkt eine neue Frisur hat. Fransenschnitt, so wie du sie heute im Bus gesehen hast.

Ist sie ein Freak?

Bist *du* ein Freak, weil du in ihr Leben getreten bist wie ein unsichtbarer Gast, durch die Tür dieses Tagebuchs?

Nun, Pauline hat dich quasi eingeladen. Die Tür stand offen.

Schaust du dich weiter um, was da noch kommt?

3. Oktober (Montag)

Heute gibt es wieder keine Zeitung. Feiertag. Ich brauche aber keine Zeitung, und ausschlafen konnte ich auch nicht, obwohl Feiertag, weil mich Sadiqs ca. 37 Nachrichten geweckt haben. Jede Nachricht war ein Link:

- auf ein Reel vom Insta-Account des Lokalradios
- auf die Online-Ausgabe vom »Anzeiger«
- auf die Facebook-Seite der Polizei
- auf ein Newsblog über unsere Stadt
- und jede Menge andere ...

Überall ging es um

- die »Rätselhafte Anschlagserie«
- das »Nächtliche SUV-Massaker«
- den »Neuen Öko-Terrorismus«

Es waren Fotos oder kurze Videos, sie zeigten die Autos mit den platten Reifen. Der Volvo von der Strichmännchenfamilie war nicht dabei.

Der Artikel vom »Anzeiger« ist am ausführlichsten. Da wird auch erklärt, was eigentlich die Tyre Extinguishers sind – und dass sie die Beschädigung der Autos ablehnen. »Trittbrettfahrer« nennt uns der Artikel. Also nicht direkt uns drei, er spricht bloß von »dem Täter oder den Tätern«. Der Artikel zitiert auch eine Mitteilung auf der Website der Tyre Extinguishers – also der echten, die Website von

Tyre Extinguishers Germany, wo es heißt: »Wir distanzieren uns von dieser Aktion und lehnen weiterhin jede Form von Sachbeschädigung und anderer Art von Gewaltanwendung strikt ab. Wer Reifen aufschlitzt, handelt weder im Namen noch im Geist unserer Idee.«
Und auf der Facebookseite der Polizei wird nach Zeug*innen gesucht …
Wieder diese Hitze im Gesicht. Und ein doofer Geschmack im Mund. Ich bin erst mal Zähneputzen, dann hab ich mir alles noch mal in Ruhe angeguckt. V.a. die ganzen Kommis. Hier ein kleines Best-of:

- »Was hat Auto-Hass mit Klimaschutz zu tun?«
- »Das ist einfach nur Neid auf die normalen, hart arbeitenden Bürger, weil solche Idioten sich selber wohl kein vernünftiges Auto leisten können.«
- »Richtiges Ziel, aber falsche Methode. Gewalt darf kein Mittel sein, auch nicht gegen Autos.«
- »Schon Heinrich Heine sagte: Wer Autos aufschlitzt, schlitzt auch Menschen auf.« (3 Zwinker-Smileys)
- »Geile Aktion, Respekt geht raus an die Reifenripper! Beim nächsten Mal gerne direkt anzünden, die ganzen Killerkarren.«
- »Und die Politiker klopfen diesen Leuten sicher noch auf die Schulter. Nur noch zum Kotzen, armes Deutschland!!!!11!!111!!1!!«
- »Unsere Jugend ist 1.) verwöhnt und undankbar, 2.) total von den linksgrünen Macht-Eliten

indoktriniert und 3.) völlig unfähig, Verantwortung zu übernehmen.«

Der letzte (von einem gewissen Jörg) tat mir komischerweise gut.

Weil er mich wütend machte.

Sadiq rief an. »Hey, du bist ja schon wach.«

»Ja, weil du mich mit deinem Nachrichtenfeuerwerk geweckt hast.«

»Hammer, oder?« Ich konnte durchs Handy hören, dass er strahlte.

»Ja«, sagte ich, obwohl ich nicht sicher war, ob wir dasselbe meinten. »Hast du den ganzen Morgen über recherchiert?«

»Ich war einfach neugierig«, sagte er. »Wollte wissen, ob es überhaupt irgendwas ausgelöst hat, was wir Freitagnacht gemacht haben.«

»Kann man wohl sagen«, meinte ich. »Wobei ...«

»Was?«

»Ich frag mich, ob unsere Message wirklich richtig rübergekommen ist«, sagte ich.

»Hm«, sagte er. Kurze Pause. »Was machst du heute?«

Ich glaub, er wollte fragen, ob wir uns treffen. Ging aber nicht, weil ich mit meinem Vater verabredet bin. Hab ich Sadiq auch gesagt, darum kam er ja gar nicht dazu, überhaupt zu fragen. Doof von mir, es hätte mich zumindest interessiert, OB er gefragt hätte.

Aber, wie gesagt.

Es ist fast Mittag, meine Mutter ist vorhin erst aufgestanden (im Gegensatz zu mir hat sie wirklich ausgeschlafen), und jetzt ist sie joggen. Klar, weil sie keinen Bock hat, ihrem Ex zu begegnen, meinem Vater. Die beiden benehmen sich immer noch total kindisch wegen ihrer scheiß Trennung von vor über drei Jahren, die kriegen das einfach nicht klar, von wegen Verantwortung. Ich weiß auch nicht, warum mein Vater mich unbedingt zu Hause abholen will, wir könnten uns ja auch direkt im Kino treffen, wahrscheinlich will er sie provozieren, das sind so Spielchen, glaub ich, ist mir aber egal. Von wegen, die Jugend ist »völlig unfähig, Verantwortung zu übernehmen«.

Ich muss mir diesen Kommi von Jörg noch mal ansehen. Warum zur Hölle dachte er sofort, dass das nur Jugendliche gewesen sein können? (Okay, in unserem Fall stimmt das ja, aber das weiß der doch nicht, der denkt sich das so, weil das seine Sichtweise ist.)

Verwöhnt und undankbar.

Stimmt, wir sollten dankbar sein.

Dafür, dass bei Corona immer wir Jugendlichen uns als Erste einschränken mussten. Und dass »schon« nach zwei Jahren Corona die ersten Luftfilter in unserer Schule aufgestellt wurden. Und dafür, dass zwei von vier Schulklos geschlossen sind, weil für die Sanierung kein Geld da ist. Und dafür, dass diesen Jörgs scheißegal ist, wenn unsere Zukunft in der Klimakatastrophe verdampft, weil sie selber ihre eigene Zukunft schon hinter sich haben.

Wut tut gut.

Wut tut gut
Wut tut gut
Gutwut
Glut
Glutmut

Glutwutmut

Mut
Tut
Tun

Was wohl die Strichmännchenfamilie heute tut? Vielleicht hatten sie einen schönen Ausflug geplant, der nun ausfallen muss ...

4. Oktober (Dienstag)

Erst mal zu gestern Abend: Nach dem Kino (war okay, hab versucht, nett zu sein, hat überwiegend auch geklappt – und das Gute an Kino ist ja, dass man nur vorher und nachher reden muss, aber dabei nicht) hab ich drauf bestanden, mit der Straßenbahn heimzufahren. Hab mich also von meinem Vater verabschiedet (»Grüß Mama« – What? Ich werd ganz bestimmt keine Grüße ausrichten, wenn er ihr was sagen will, soll er sie anrufen! Und außerdem hat sie einen Vornamen, sie heißt nicht Mama, für ihn schon mal gar nicht.) – hab mich also verabschiedet und bin aber nur drei Stationen gefahren und dann wieder ausgestiegen, weil das nämlich die Haltestelle Lüderitzstraße war.

Und der Volvo stand nicht mehr da.

Auf dem Heimweg hab ich mir ausgemalt, wie Papa und Mama es Mats und Mette erklärt haben, dass der tolle Familienausflug ausfallen muss. Etwa so:

»Ja, das ist doof, dass jemand unser Auto beschädigt hat. Aber die haben vielleicht nicht richtig nachgedacht – sie wollten sich einfach fürs Klima einsetzen. Und im Prinzip ist das ja richtig, darum essen wir ja auch nur vegetarisch und fliegen nie mit dem Flugzeug in den Urlaub, und wir nehmen das Auto ja auch nur dann, wenn es nicht anders geht, weil ...« Ja, weil ... ich überlegte. »Wir haben auch nur deshalb so ein großes Auto, weil wir sonst Mats' Rollstuhl nicht transportieren können.«

Ich erschrak über meinen eigenen Gedanken.

Und malte mir eine zweite Version aus.

Papa und Mama sagen: »Ihr braucht keine Angst haben, wir sind reich, wir kaufen einfach neue Reifen, und wenn es sein muss, ein neues Auto. Und wenn ihr groß seid und der Klimawandel voll zuschlägt und Stürme und Dürren und Fluten die Welt verwüsten, braucht ihr auch keine Angst zu haben, denn ihr werdet zu den Leuten gehören, die an einem sicheren Ort in einer sicheren Stadt unter einer Glaskuppel leben, und das Metaversum wird eure Welt sein, die virtuelle Realität wird wunderschön sein, viel schöner als das Reallife heute, und ihr müsst euch null darum kümmern, wenn Milliarden anderer Menschen verhungern oder ertrinken oder in Kriegen um Wasser und Energie getötet werden, denn ihr gehört ja nicht dazu.«

Ich hab diese beiden Versionen sinngemäß Sadiq und Vic erzählt, als wir heute Mittag in der Mensa zusammen gegessen haben.

Übrigens: Schule. Ich hab den ganzen Tag über geglaubt, alle würden mich anstarren. Was natürlich Quatsch ist, niemand ahnt irgendwas, niemand kam und nannte mich Reifenaufschlitzerin, niemand hat uns beglückwünscht oder beschimpft, niemand hat uns beachtet, wie wir in der Mensa saßen und ich meine

Strichmännchenfamiliengeschichtenversionen auftischte. Vic hat erst gelacht und gemeint, das mit der Glaskuppel könnte sie sich bei ihren Eltern auch gut vorstellen. Und dann hat sie gesagt: »Diese Familie geht dir nicht aus dem Kopf, hm?«

Richtig einfühlsam.

Und dann meinte sie: »Wir tun das auch für Mette und Mats. Für alle, die heute jung sind.« Sie guckte düster. »Ich glaube, das mit der Glaskuppel ist keine Option. Oder dass Elon Musk die Menschheit auf den Mars umsiedelt oder was immer sich manche zusammenfantasieren. Niemand kann vor dem Klima weglaufen. Es gibt keinen Planeten B – und keinen Plan B. Wenn sich die Menschheit retten will, muss es halt auch mal wehtun.«

»Und wenn manche gar nicht gerettet werden wollen?«, fragte ich.

Ich dachte an diesen Jörg mit seinem Kommentar.

Da räusperte sich Sadiq. Leise sagte er: »Mich hat auch keiner gefragt, ob ich gerettet werden will.«

Ich schluckte. Natürlich hätte ich gern gewusst, wie er das meinte bzw. was genau. Ich konnte mir denken, dass er auf seine Flucht anspielte, aber ich traute mich nicht, nachzuhaken.

Jetzt, wo ich das schreibe, muss ich wieder schlucken.

Retten.

Reimt sich auf

Ketten.

Retten wir die Welt?
Die Menschheit?
Das Klima?
Indem wir Autoreifen aufschlitzen?
Wird sich dadurch irgendwas ändern?
Aber einfach gar nichts zu tun ist ja auch keine Option.
Wenn ich später mal mit meinen Enkelkindern unter einer Glaskuppel sitze und die mich fragen: »Oma Pauline, warum habt ihr damals nichts gemacht?« – will ich dann antworten: »Na hört mal, ihr verwöhnten, undankbaren Kinder, wir haben immerhin Reifen zerstochen.«
Und erst jetzt, wo ich hier sitze, und das aufschreibe, fällt mir auf, dass Vic gesagt hat: »Wir tun das auch für Mette und Mats.« Wir TUN das. Nicht in der Vergangenheit, sondern im Präsens hat sie das gesagt. So ganz selbstverständlich, als wär das klar zwischen uns, dass wir gerade erst angefangen haben mit

ja – womit?

Aber … Sie hat recht.

Mir selber war es Samstagmorgen auch schon klar.
Darum hab ich ja dieses neue Tagebuch begonnen.

6. Oktober (Donnerstag)

Ich sitze am Schreibtisch und brüte über einem guten Text. Mir fällt auf, dass die Tage langsam kürzer werden, die Sonne sinkt und knallt glutrot direkt in mein Fenster. Normalerweise würde ich das Rollo ein Stück runterlassen, damit der Bildschirm nicht die Sonnenstrahlen spiegelt. Aber mein Laptop ist zugeklappt, ich sitze mit dem Stift in der Hand vor einem leeren Blatt Papier. Es soll ein guter Text werden; ein eigener, keiner, den wir von irgendeiner Website runterladen.
Für eine eigene Aktion, die wir uns selber ausgedacht haben.
Na ja, nicht komplett selber. Aber fast.
Ich find es jedenfalls besser, als Reifen aufzuschlitzen. Auch, wenn vielleicht das Risiko größer ist, dass wir erwischt werden. Das macht es etwas heikel.
Dabei war es meine eigene Idee.
Glaub ich.
Ich weiß auch nicht mehr genau, wie wir dazu kamen, uns heute bei Vic zu treffen. Irgendwie hatten wir drei gestern eine wilde Diskussion in der Pause, es ging um Schwimmbäder, weil ich meinte, dass es die in ein paar Jahren nicht mehr geben wird, wenn das Wasser knapp wird, und Sadiq sagte, sie hätten zu Hause so einen Plastikpool im Garten, da würde er dann Regenwasser sammeln, und ich so:

»Wenn es monatelang nicht regnet?«
Und er so: »Dann suchen wir ein paar Superreiche, die sich noch einen eigenen Pool mit Wasser leisten können, den besetzen wir dann.«
Und ich so: »Ich kenne keine Superreichen.«
Und Vic: »Doch, kennst du.«
Ich sah sie an und lachte, denn ich hatte das für einen Moment vergessen. Wenn wir so miteinander redeten, kam sie mir ganz normal vor und – ja, eigentlich ist sie auch normal, also keine Ahnung, was ich so von Superreichen erwarten würde, aber ich hab inzwischen begriffen, dass Vic nicht meine Vorurteile erfüllt. (Jedenfalls nicht alle.)
»Wir haben einen Pool«, sagte sie, »sogar einen ziemlich großen. Habt ihr Lust, mal drin zu baden? Ich lade euch ein. Warum nicht gleich morgen?«
Da meinte Sadiq: »Morgen soll es nur 12 Grad werden. Und regnen.«
»Egal«, hat Vic gesagt und gegrinst. »Der Pool ist indoor.«
Also hab ich heute Morgen meine Badesachen eingepackt und wir sind nach der Schule mit zu Vic.
Der Pool liegt im Keller (bzw. »Souterrain«, wie Vic sagte) und an der Stirnwand gibt es bodentiefe Fenster, durch die man in den riesigen Garten hinaussehen kann. Er (der Pool) ist mindestens so groß wie mein Zimmer und 1,80 tief, ein richtiges kleines Schwimmbad mit eigener Dusche und einer Sauna. Vic meinte, da könnten wir ja auch mal reingehen, aber Sadiq und ich haben sofort abgewunken. Ich fand das

Ganze auch so schon krass genug. Wir haben ein bisschen getobt und haben uns dann einfach auf dem Wasser treiben lassen und geredet.

Ich hab zu Vic gesagt: »Das ist alles so unfassbar krass hier.« (Ich glaub, das hatte ich schon drei- oder viermal gesagt.)

»Unfassbar krass.«

»Ja«, hat sie gesagt, »ich hasse es.«

»Du tust mir echt total leid«, meinte Sadiq und lachte. »Eigener Pool und so. Du Arme. Aber wenn es so schlimm ist, können wir ja ein Loch bohren und das Wasser ablassen. Wie mit eurem Auto.«

»Aber heute noch nicht«, hab ich widersprochen. Denn ob ich wollte oder nicht, ich fand es schön.

»Ahnt deine Mutter eigentlich irgendwas?«, fragte Sadiq sie. »Also mit dem Auto?«

»Ich denke nicht«, sagte Vic.

»Hast du überhaupt schon mal mit deinen Eltern darüber gesprochen, was du empfindest?«, wollte ich wissen. »Ich meine, was eure Firma betrifft und all das.«

»Klar«, sagte sie. »Gleich nachdem ich aus Bangladesch zurückgekommen war.«

»Was haben sie gesagt?«

»Sie fanden das … na ja, gut?«

»Hä?«, machte ich.

Ihr Gesicht wurde finster. »Mein Vater meinte, das wäre ganz normal in meinem Alter, das wär halt nur eine Phase, Pubertät, blabla. Meine Mutter sagte, sie hätte in meinem

Alter auch von einer besseren Welt geträumt und sich das so einfach vorgestellt. Und heute hätte sie halt begriffen, dass es kompliziert ist. Und dass unsere Firma ja dafür sorgen würde, dass die Leute in Bangladesch immerhin Arbeit haben und ihre Familien ernähren können – und dass es ja auch gut wäre, billige Klamotten zu produzieren, weil auch Leute mit Bürgergeld ein Recht hätten, sich neue Klamotten zu leisten, und weil sie, also meine Eltern, ja von dem vielen Geld, das sie verdienen, auch viel Steuern zahlen, und dass die Stadt davon Kindergärten und Schulen und Krankenhäuser baut ... also eigentlich redete meine Mutter, als wäre sie der Messias. Und mein Vater meinte dann noch, es gäbe ja noch mehr Fast-Fashion-Labels, wir wären doch nicht die einzige Marke, manche wären noch viel härter drauf als CheepTex ...«

»Da fällt mir was ein«, sagte ich, weil ich mich an ein Video erinnerte, das ich mal gesehen hab, ist schon länger her. Da haben Leute in so einem Klamottenladen Hosen und T-Shirts gekauft und zu Hause dann verwundert festgestellt, dass in den Sachen Zettel eingenäht waren, also Zettel, wo die Arbeiterinnen einen Hilferuf drauf hinterlassen hatten. »SOS – wir werden hier gefangen gehalten« oder so ähnlich.

»Die Geschichte kenn ich«, sagte Vic. »Das war in England, glaub ich. Aber angeblich war das ein Fake. Ein PR-Gag.«

»Na ja, Gag ...«, warf Sadiq ein, »immerhin hat es für Aufmerksamkeit gesorgt, sonst gäbe es keine Videos darüber.«

»PR-Gag«, wiederholte ich nachdenklich.
»Aufmerksamkeit.«
Vic sah mich an. »Du meinst doch nicht etwa ...?«
»Doch«, sagte Sadiq an meiner Stelle. »Das meint sie.«
Ich lachte. »Kannst du jetzt Gedanken lesen?«
Er lachte auch und spritzte mir Wasser ins Gesicht. Ich spritzte zurück, dann drehte ich mich zu Vic um und fragte: »Gibt es eine Möglichkeit, an die T-Shirts eurer Firma heranzukommen, bevor sie in den Läden ausgelegt werden?«
»Nee, glaub nicht. Die kommen in Containern an irgendeinem Hafen an, werden in ein Logistikzentrum gebracht und von dort direkt an die Kaufhäuser und Geschäfte verteilt. Ich hab euch ja erzählt, dass es da noch dieses alte Lagerhaus gibt, da würde ich bestimmt sogar einen Schlüssel organisieren können, aber wie gesagt – es wird nicht mehr benutzt. Wenn wir wirklich geheime Botschaften in den Shirts verstecken wollen, dann müssten wir das direkt im Laden machen.«
»Wo jede Menge Leute um uns herum sind?«, fragte Sadiq zweifelnd. »Und überall Kameras?«
»Die Kameras müssen wir vorher abchecken«, meinte Vic. »Die Leute sind kein Problem.«
Sie sagte das mit totaler Selbstverständlichkeit. Als hätte sie so was schon tausend Mal gemacht. (Oder aber, überlege ich gerade, mit der Haltung einer Person, die einfach immer kriegt, was sie will.)
»Okay, cool«, meinte ich, »machen wir es?«

»Jep«, sagte sie.

Sadiq stieß sich vom Beckenrand ab, ließ sich zur anderen Seite treiben und tauchte dann zu uns zurück. Als er mit dem Kopf aus dem Wasser kam und mich ansah, glitzerten seine Augen.

»Aber nicht als Fake«, sagte er.

Ich verstand ihn nicht.

Er sagte: »Ich will nicht, dass wir so tun, als wären das wirklich Botschaften von diesen Arbeiterinnen.«

»Warum nicht?«, fragte Vic.

»Diese Arbeiterinnen ...« Er kratzte sich am Kopf. »Die haben keine Stimme, und wir ... Ich weiß nicht, wie ich es erklären soll.«

»Wir geben ihnen eine Stimme«, sagte ich voller Überzeugung.

»Das ist es ja gerade«, sagte er. »Die würden sicher gerne für sich selber sprechen, aber niemand kann sie hier hören. Wenn wir das jetzt für sie tun, dann wäre das irgendwie ... wie soll ich sagen?«

»Übergriffig«, sagte ich. Das Wort hab ich neulich irgendwo aufgeschnappt und gemerkt, dass es mir gut gefällt. Es trifft auf so vieles zu. Hier auch. Glaub ich. Wenn ich ihn richtig verstand.

Er nickte jedenfalls.

»Dann machen wir es halt in unserem eigenen Namen«, sagte Vic. »Mit unserer eigenen Stimme.«

»Gut«, sagte Sadiq.

»Ja, okay«, sagte ich, »nur … was ist denn unsere Stimme? Wer sind denn: wir?«

»Stimmt«, meinte Sadiq. »Wir brauchen irgendeinen Namen.«

»Einen Namen«, wiederholte ich. »So wie Letzte Generation? Oder Extinction Rebellion? Als wären wir eine richtige Gruppe?«

»Sind wir längst.« Vic strahlte.

Und im nächsten Moment gingen ihre Mundwinkel wieder runter und froren richtig ein. Ich hatte ein komisches Geräusch gehört, fast wie ein Schlürfen, mit dem die warme Luft aus dem Schwimmbad gesogen wurde – die Glastür öffnete sich und Vics Mutter kam herein.

Sie musterte uns. Also vor allem Sadiq.

Dann sagte sie: »Wie schön, Vicky, du hast neue … Freunde gefunden.«

Diese Pause vor dem Wort »Freunde«!

Mir war plötzlich eiskalt im Wasser.

Nicht nur durch den Luftzug.

»Dann viel Spaß noch«, sagte sie, nickte ihrer Tochter zu und schob hinterher: »Wir sehen uns später, Vicky.«

Damit ließ sie uns wieder allein.

Ich zog mich am Beckenrand hoch, stieg aus dem Wasser und hüllte mich in mein Handtuch.

»Wir ziehen das durch«, sagte Vic. »Oder?«

Ich nickte.

Wir ziehen das durch.

Ich weiß, dass es Quatsch ist, sich auf Vics Eltern einzuschießen. Aber irgendwie hilft es mir total, ein paar leibhaftige Bösewichte vor Augen zu haben.
Die Klimakatastrophe wird ja nicht von einzelnen Menschen verursacht, das weiß ich doch. Wir ALLE sind schuld, Europa, Nordamerika, viele Länder und Gesellschaften, es ist einfach die Art, wie wir leben, die langsam, aber sicher diesen Planeten vernichtet. Ich fühle mich oft so klein und hilflos, wenn ich daran denke. Und dass du als Einzelne*r überhaupt nichts ausrichten kannst.
Aber dadurch, dass wir CheepTex angreifen, ist es nicht mehr so abstrakt, es fühlt sich vielmehr total konkret an.
Vielleicht ist es unfair?
Aber was ist schon fair.

Gute Frage, denkst du.

7. Oktober (Freitag)

Allerletzte Generation

Alleralleralleralleralllerletzte Generation

T-Shirt Extinguishers

CheepTex Extinguishers

Klima-Rebellen

Klima-Guerilla

Nee ... alles Kacke ...

Stimmt.

Wobei du es ja schon weißt. Du hast es ja gegoogelt. Und auf der nächsten Seite kommt es dann auch. Pauline hat es ins Tagebuch hineingeschrieben – fast hineingestanzt, so sieht das aus, mit einem dicken schwarzen Filzstift. Und der fette Rand drumherum erinnert dich unwillkürlich an diese Warnhinweise, die man auf Zigarettenschachteln anbringt:

9. Oktober (Sonntag)

TOO
HOT
Climate Action

Das ist jetzt unser Name.
Unser Zeichen.
Die Idee kam uns gestern fast aus Versehen, als wir in der Stadt unterwegs waren, um die Lage für unsere kommende neue Aktion abzuchecken. Erst sind wir in »Uschi's Modestübchen« gewesen, einem kleinen gemütlichen Laden, wo wir auch nur zwei Stapel mit T-Shirts von CheepTex gefunden haben. Zwei Verkäuferinnen, keine Kameras (außen schon, aber innen keine). Es dürfte ziemlich easy sein, die beiden Frauen abzulenken, während eine*r von uns die Zettel in die Shirts legt.
Anders als im City-Kaufhaus. Da gibt es gleich zwei riesige Tische voller CheepTex-Klamotten. Aber auch jede Menge Verkäufer*innen, Kameras und Sicherheitsleute. Zwei

Wachmänner stehen am Eingang, sie tragen schwarze Westen mit der Aufschrift »Security« und Funkgeräte am Gürtel. Aber die sind nicht unser Problem.
Unser Problem ist der Kaufhausdetektiv.
Vic meinte, sie sei sich ganz sicher, dass es einen gibt. Und mit etwas Geduld würden wir auch rauskriegen, wer es ist. Das wär wichtig, meinte sie, damit wir ihm aus dem Weg gehen können, wenn wir unsere Zettel verteilen. Also streiften wir durch die Gänge und hielten Ausschau nach einem auffallend unauffälligen Mann. Ich hatte rasch einen Typen um die vierzig entdeckt. Schnurrbart, Lederjacke, Sonnenbrille (drinnen!). Er schob lustlos ein paar Hosen hin und her, die an einem runden Ständer auf Bügeln an einer umlaufenden Stange hingen, aber er schaute gar nicht richtig hin, sondern musterte immer wieder die anderen Leute. Das musste er sein.
Da stupste Vic mich an und flüsterte: »Ich glaub, ich hab sie.«
»Sie?«, wiederholte ich.
Vic nickte zu einer älteren Frau mit Handtasche. Drahtige Gestalt, kurze graue Haare, sehr wache Augen.
»Guck mal, wie sie guckt«, raunte Vic.
Das tat ich. Und erkannte, dass ihre Blicke auf Sadiq geheftet waren. Sie ging von einem Kleiderständer zum nächsten, immer zwei Reihen von ihm entfernt, und beobachtete genau, wie er jetzt einen Hoody von einem Stapel nahm, ihn sich vor den Bauch hielt wie ein ganz

normaler Kunde, sich vor einem Spiegel drehte und dann den Hoody wieder weglegte.

»Sicher?«, fragte ich leise. »Vielleicht steht sie einfach nur auf ihn.«

Vic kicherte.

»Was wäre denn stattdessen mit dem da?« Ich nickte zu dem Typen in der Lederjacke.

In diesem Augenblick kam eine füllige Frau mit einer Einkaufstüte in der Hand auf den Mann zu, und er schnauzte sie an: »Na endlich. Wie kann man nur so lange brauchen, um sich eine Bluse auszusuchen?«

»Jetzt bin ich ja fertig«, sagte sie, und die beiden schoben ab.

»Okay, mein Irrtum«, murmelte ich, und wir drehten uns wieder zu der mutmaßlichen Detektivin um.

Sie hatte sich an Sadiq förmlich festgesogen.

»Das ist genial«, sagte Vic. »Absolut perfekt.«

»Wieso?« Ich schnallte es nicht.

»Sadiq ist unsere falsche Fährte«, sagte sie. »Wenn wir das mit den Zetteln durchziehen, kann er einfach ein bisschen dahinten rumlaufen; die Detektivin wird ihn verfolgen und uns beide null beachten.«

»Warte – ist das nicht … total rassistisch?«

»Dass wir beiden süßen Alman-Girls keinen Verdacht erwecken und jemand wie Sadiq wegen seines Aussehens direkt als potenzieller Ladendieb gilt?«

Ich nickte.

»Voll praktisch für uns, oder?«
Sie grinste.
Ich werde echt nicht schlau aus ihr. Merke ich auch jetzt wieder, während ich hier sitze und das aufschreibe. Sie ist durch und durch zynisch, und oft weiß ich nicht mal, wann sie was ironisch sagt oder ernst. Vielleicht wird man einfach so, wenn man aufwächst wie sie?
»Komm«, sagte sie plötzlich.
Ich folgte ihr zu einem der beiden Tische mit den CheepTex-Klamotten. Sie dirigierte mich zwei Meter nach links. »Bleib da stehen«, sagte sie. »So ist gut, das müsste genau der Winkel der Kamera sein.«
Stimmt. Ich drehte mich von dem Tisch weg, machte mich irgendwie breit und versuchte krampfhaft, nicht in die Linse zu starren. (Nebenbei wurde mir bewusst, dass ich bisher nie auf solche Dinger geachtet hatte – seitdem sehe ich sie überall, in Gebäuden, auf Plätzen, Kreuzungen ...) Hinter meinem Rücken hantierte Vic an den T-Shirts.
»Was tust du?«, zischte ich und hatte plötzlich Angst, mich umzudrehen. Als würde ich dadurch erst recht die elektronischen Augen von hundert Kameras auf mich ziehen.
Die Hitze schoss mir in die Wangen (wie ich das hasse!).
»Hey, warum wirst du so rot?«
Das war Sadiq, er stand wie aus dem Nichts vor mir und grinste.
»Werd ich gar nicht«, hab ich gesagt – oder so was

Ähnliches, weiß nicht mehr genau, ich fühlte mich plötzlich scheiße und wollte nur noch raus.
»Lasst uns abhauen«, hab ich geknurrt.
»Es ist aber auch viel zu heiß hier«, sagte Sadiq. »Echt viel zu heiß.«
Vielleicht, das geht mir jetzt gerade durch den Kopf, hat er das gesagt, um nett zu mir zu sein. Weil er schnallte, dass es mir peinlich war. Aber gestern war ich dafür nicht empfänglich. Ich drehte mich noch mal kurz zu der Detektivin um, aber die hatte nur Augen für Sadiq. Also stampfte ich zur Rolltreppe, schob mich an einem Händchen haltenden Pärchen vorbei und ab nach draußen.
Sadiq kam hinter mir her, dann folgte, provozierend gemächlich, Vic.
»Kommt mit«, sagte sie nur. Wir bogen mit ihr um eine Ecke und in eine weniger belebte Nebenstraße der Fußgänger*innen-Zone.
Dort blieb sie stehen, zwinkerte verschwörerisch und zog was unter ihrer Jacke hervor – irgendeinen Lappen, dachte ich erst, aber es war ein T-Shirt! Von CheepTex.
»Du hast geklaut!«, rief ich.
»Wie man es nimmt.« Sie zuckte mit den Achseln. »Ist ja letztlich von meiner eigenen Firma.«
»Warum hast du das gemacht?«, wollte ich wissen. Um uns zu beweisen, wie cool und abgezockt du bist? Dass du keine Angst vor nichts hast? Weil du es dir leisten kannst? … fragte ich alles nicht. Starrte sie nur an.

»Weil es funktioniert«, meinte Sadiq schlicht. »Du konntest das Teil in aller Seelenruhe einstecken, weil diese Detektivin nur auf mich geachtet hat.«
Ich schüttelte ungläubig den Kopf. »Du hast das direkt geschnallt, dass diese Frau die Detektivin ist?«
»Ja.« Er klang dumpf. »Bin so was gewohnt.«
»Das ist Rassismus«, schimpfte ich.
Er nur so: »Ach.«
Und Vic so zu ihm: »Von wegen, es war zu heiß da drin. Die fand dich wohl auch zu heiß.«
Und ich so: »Verfickter Rassismus!«
Ein paar Leute drehten sich im Vorübergehen um. Ich war wohl ein bisschen zu laut.
Jetzt, mit einem Tag Abstand, frage ich mich ehrlicherweise, ob es wirklich das war, was mich so empörte. Oder eher die Anspielung von Vic und wie sie ihn dabei ansah.
Er ging nicht drauf ein.
Sondern brummte nur: »Dann ist es halt mal zu was gut.« Er legte uns beiden die Hände auf die Schultern und lächelte. »Nächsten Samstag ziehen wir es durch. Wenn es schön voll ist. Ich beschäftige die Detektivin. Und ihr steckt die Zettel in die Shirts.«
»Hast du denn schon den Text entworfen?« Vics Frage ging an mich.
»Fast fertig«, log ich.
»Dann brauchen wir nur noch einen Namen«, sagte sie. »Oder hast du schon eine Idee?«

»Nee, null«, gab ich zu.
»Fällt uns schon noch ein.« Sadiq drückte meine Schulter, bevor er die Hand wieder von mir nahm.
Plötzlich musste ich lachen.
Die beiden sahen mich natürlich voll irritiert an.
Mir war es tatsächlich genau in dem Moment eingefallen.
»Zu heiß«, rief ich aus. Wieder guckten Leute, war mir aber egal.
»Zu heiß!«, wiederholte Sadiq. »Na klar, das Klima. Genial, irgendwie.«
»Und es war deine Idee.« Ich strahlte ihn an.
»Na ja«, meinte er. »Nicht direkt.«
»Egal. Von dir kam die Inspiration. Wie schon beim Auto vom Gusenhöfer.«
Vic runzelte die Stirn. »Können wir es wenigstens auf Englisch sagen? Dann klingt es doch noch halbwegs cool.«
»Von mir aus.« Ich musste wieder lachen. Weil Sadiq auch lachte. Und weil Vic total uncool aussah, als sie das Wort »cool« sagte.
Ich mag sie irgendwie echt. Also Vic. Verrückt, weil ich eigentlich dachte, das mit uns wäre Hass auf den ersten Blick gewesen.
Gibt es das?
Man kann sich Knall auf Fall in eine Person verlieben.
Kann man sich auch in jemanden verhassen?
In beiden Fällen kommt es vor, dass man sich irrt.
Was uns drei betrifft, hab ich mich aber nur in ihr geirrt.

Hoffe ich mal.

Du blätterst weiter zur nächsten Seite. Das Papier fühlt sich anders an, weil Pauline auf der übernächsten Seite einen bedruckten Zettel ins Buch geklebt hat.

Als wir drei uns dann trennten und ich nach Hause fuhr, hatte ich plötzlich ganz viele Worte und Bausteine im Kopf. Noch schnell vor der Reitstunde hab ich mir alles aufgeschrieben und dann anschließend getippt.
Ich hab es an die beiden geschickt, und sie waren sofort einverstanden.

Herzlichen Glückwunsch zum Kauf dieses T-Shirts!

Für gerade mal schlappe 3,00 Euro bekommen Sie ein Kleidungsstück, dessen Herstellung

- unser Klima mit 8 Kilo CO_2 belastet hat.
- mehr als 4000 Liter Wasser verbraucht hat – vom Anbau der Baumwolle bis zum Bleichen des Stoffes. Ein großer Teil davon landete als giftiges Abwasser ungefiltert in Flüssen und Meeren.
- eine Reise durch etliche Länder war und eine Strecke von fast 35.000 Kilometern ausmacht.
- von jungen Frauen* und Mädchen* geleistet wird, manche jünger als 15 Jahre, die 16 Stunden am Tag unter katastrophalen hygienischen Bedingungen wie Sklav*innen arbeiten und dabei auch Gewalt

und sexuellen Übergriffen schutzlos ausgeliefert sind. Der Lohnanteil am Verkaufspreis dieses T-Shirts beträgt 2,6 %. Wenn Sie also 3 Euro für dieses T-Shirt bezahlt haben, erhalten die Näher*innen stolze 8 Cent.

Wenn Sie jetzt dieses T-Shirt anziehen, fühlen Sie natürlich nichts davon auf Ihrer Haut, nicht die Hitze oder Kälte, nicht die Schläge und den Schmerz, die Armut und Verzweiflung. Oder die Ohnmacht, mit der Menschen zusehen müssen, wie ihr Zuhause von Wassermassen weggerissen wird, in den Stürmen, die der Klimawandel verursacht.
Oder ... vielleicht spüren Sie es jetzt doch?

Viel Spaß beim Anziehen wünscht Ihnen:

TOO HOT
Climate Action

PS: Wird Ihnen plötzlich auch so heiß?
Dann machen Sie Schluss mit Fast Fashion und Klimazerstörung!

Das werde ich 100-mal ausdrucken. Quer auf das Blatt, immer zweimal auf einer Seite, die kann ich dann in der Mitte durchschneiden, und so haben wir zweihundert Stück.

Keine Ahnung, ob wir so viele Zettel unauffällig unter der Jacke herumtragen können. Oder ob wir überhaupt so viele T-Shirts finden. Vielleicht legen wir die restlichen einfach irgendwo aus, was weiß ich.
Es geht ja auch gar nicht darum, nur die paar Leute zu erreichen, die sich so ein T-Shirt kaufen. Sondern darum, dass die Presse darüber berichtet. Bestimmt wird es wieder in der Zeitung stehen. Und diesmal sind wir nicht irgendwelche namenlosen Zerstörer*innen.
Sondern diesmal sind wir

TOO HOT

Eigentlich willst du dich selbst gar nicht spoilern, andererseits bist du den Geschehnissen in diesem Tagebuch ohnehin um rund vier Wochen voraus, wenn du richtig gerechnet hast. Du greifst nach dem Handy und googelst noch einmal.
Da sind tatsächlich mehrere Online-Artikel über TOO HOT und die »geheime Botschaft aus dem T-Shirt«.

Vom 19. Oktober:

Da staunte eine Kaufhauskundin nicht schlecht: Als Jutta S. ihr neugekauftes T-Shirt zu Hause auspackte, purzelte ein kleiner Zettel heraus …

Vom 20. Oktober:

Nachdem wir gestern über die »geheime Botschaft aus dem T-Shirt« berichteten, meldete sich gleich ein halbes Dutzend weiterer Personen, die beim Wochenendeinkauf denselben Fund gemacht hatten ...

Paulines Hoffnung hatte sich also erfüllt.

Dank einer gewissen Jutta S., die es anscheinend sinnvoll fand, sich mit dem von ihr gefundenen Brief an die Presse zu wenden ...

18. Oktober

Na toll. Gestern nichts über unsere Aktion in der Presse. Heute auch noch nicht.
Nichts in der Zeitung und auch sonst nirgends – wenn ich »TOO HOT« bei Google eingebe, wird entweder ein Musikvideo angezeigt oder eine bescheuerte Serie.
Es muss doch irgendwer so ein Shirt gekauft, unseren Zettel entdeckt und sich darüber gewundert haben. Wenigstens für eine beknackte Instastory sollte das doch reichen. Aber nichts.

Okay, unsere Aktion war tatsächlich auch unspektakulär: Wir waren erst im City-Kaufhaus, wo Sadiq die Detektivin genau wie geplant sehr schön beschäftigt hat. Ich hab dann für Vic Sichtschutz vor der Kamera gemacht (Bin ich eigentlich wirklich so breit? Also im Sinne von ... dick? Okay, ich find es auch beknackt, dass ich mitten in dieser Aktion an so was denken musste, wo wir eigentlich auf das Schicksal von Millionen Menschen in dieser mörderischen Industrie aufmerksam machen wollen und auf das Schicksal von Milliarden, die in wenigen Jahrzehnten kein Zuhause mehr haben wegen der Klimakatastrophe – und ICH habe keine andere Sorge, als mich zu fragen, ob ich dick bin? Sorry, es war halt mein Gedanke, und weil dieses Tagebuch

für mein späteres Ich so ehrlich wie möglich sein soll, gehören diese Gedanken auch mit rein.) Jedenfalls hat Vic in Sekundenschnelle zig Zettel in die gefalteten T-Shirts hineingeschoben, und nach wenigen Minuten waren wir schon wieder draußen. Anschließend waren wir noch in »Uschi's Modestübchen« und in zwei anderen Läden in der Innenstadt, und alles ging glatt.
Na ja, und jetzt warten wir darauf, dass es irgendwie in die Öffentlichkeit kommt.
Ein bisschen überlege ich, ob ich nachhelfen sollte …?

Als du umblätterst, stellst du fest, dass Pauline einen Zeitungsartikel ausgeschnitten und auf der folgenden Seite in ihr Tagebuch geklebt hat.

19. Oktober (Mittwoch)

Endlich! Heute steht was in der Zeitung.
Ich war noch vor der Schule am Kiosk gewesen, hatte den »Anzeiger« gekauft, und präsentierte Sadiq und Vic stolz den Artikel.
Okay, es ist ein sehr kurzer Artikel, ziemlich weit hinten versteckt im Lokalteil, ohne Foto oder so – aber immerhin:

Da staunte eine Kaufhauskundin am Wochenende nicht schlecht: Als Jutta S. ihr neugekauftes T-Shirt zu Hause auspackte, segelte ein Handzettel heraus. Es handelt sich um eine Art Brief, der der Redaktion vorliegt. Unterzeichnet von einer Person oder Gruppe, die sich TOO HOT nennt. Der Brief ist gespickt mit gruseligen Vorwürfen an den Käufer oder die Käuferin, aber auch mit Fakten zur Klimaschädlichkeit der Kleidungsproduktion.

Sadiq meinte: »Da wär ich gern dabei gewesen, um zu sehen, wie diese Jutta S. geguckt hat.«
Ich so: »Guck einfach mich an.«
Er so: »Hä?«
Aber Vic hat es direkt geschnallt.
»Du raffinierte kleine Sau!« Ich glaube, das ist das Unverschämteste, was jemals eine*r zu mir gesagt hat. Und

zugleich hat mich noch niemals eine*r so dermaßen voller Anerkennung und Respekt angeschaut. »Du bist Jutta S.?«
Ich nickte und wurde sofort wieder rot.
Ich hab ihnen dann erzählt, wie ich mir schnell eine Mailadresse unter anderem Namen angelegt und von dort aus eine Nachricht an die Redaktion des »Anzeigers« geschickt hatte.
»Hätte ich dir gar nicht zugetraut«, meinte Vic.
»Ich mir auch nicht«, meinte ich.

Und du?
Hättest du es ihr zugetraut?

20. Oktober (Donnerstag)

Yeah, heute gab es einen »richtigen« Artikel:

Zu heiß für Fast Fashion?

Nachdem wir gestern über die »geheime Botschaft aus dem T-Shirt« berichteten, meldete sich gleich ein halbes Dutzend weiterer Personen, die beim Wochenendeinkauf denselben Fund gemacht hatten. Überwiegend hatten sie ihre Ware im City-Kaufhaus in der Stadtgalerie erstanden.

Auf Nachfrage unserer Redaktion teilten weitere Einzelhändler in der City mit, dass auch in ihren Geschäften die Botschaft mit dem kryptischen Absender »TOO HOT« (Englisch für: »zu heiß«) aufgetaucht sei. Anzeige hat aber bislang niemand erstattet. »Ich weiß nicht einmal, ob das überhaupt eine Straftat ist«, sagt Ladenbesitzerin Uschi Goralski (51). »Und eigentlich verstehe ich sogar das Anliegen hinter den Botschaften.« Trotzdem ärgere sie sich über die Aktion, denn: »Es hilft doch nicht dem Klima, wenn jemand meine Kunden beschimpft und vergrault.« *)

Die Geschäftsleitung des City-Kaufhauses war für eine Stellungnahme nicht zu erreichen. Aus Kreisen der Belegschaft hat unsere Redaktion aber erfahren, dass sämtliche T-Shirts des Niedrigpreissegments fürs Erste aus dem Verkauf genommen worden seien – man wolle die Kleidung zunächst nach weiteren ungebetenen Botschaften durchsuchen, bevor die Ware zurück in die Auslage gehe.

*) Tja – aber was stattdessen die Lösung sein soll, sagt die gute Frau leider auch nicht. Es gibt nämlich auch keine. Die Kund*innen zu vergraulen, IST nun mal die Lösung. Finde ich.

Ich hätte am liebsten mit Vic und Sadiq richtig Party in der Mensa gemacht, so cool fand ich das. Und finde es immer noch – ich meine:
Oh Shit, die haben das ganze Zeugs aus dem Verkauf genommen!
Wegen uns! Unseretwegen!
Okay, vielleicht nur für einen Tag, vielleicht wird dadurch keine einzige Arbeiterin besser bezahlt und kein einziges Gramm CO_2 weniger in die Atmosphäre geblasen. Aber trotzdem haben wir was bewirkt, oder nicht? Wir haben Aufmerksamkeit erzeugt.

DIE HABEN AUF UNS REAGIERT!

Und ich bin ganz, ganz sicher, dass es eine Wirkung hat. Dass es Bewusstsein erzeugt. Dass Leute es sich jetzt vielleicht überlegen, ob sie wirklich diesen Schrott kaufen sollten.

Kurz und gut: Ich war total in Feierlaune. Sadiq auch, nur Vic irgendwie nicht. Erst dachte ich, sie hätte einfach Sorge, dass wir uns zu auffällig benehmen und unsere Mitschüler*innen am Ende noch Verdacht schöpfen. Aber das war es nicht. Die Zeitung hat aufgeschlagen vor ihr auf dem Tisch gelegen und sie hat mit dem Finger auf den Artikel geklopft und gesagt: »Da steht kein einziger Hinweis auf CheepTex.« In einem Tonfall, in dem man sagt: Herr Ober, meine Suppe ist kalt.

»So ist es doch viel besser«, meinte Sadiq. »Der Artikel spricht ganz allgemein von Billigmode – da geht es ums Prinzip. Und das ist doch das, um was es uns auch geht. Oder?«

»Oder, Vic?«, bekräftigte ich.

Ich hab natürlich nicht erst heute geschnallt, dass es für sie auch um was Persönliches geht. Aber das sollte ja wohl nicht im Vordergrund stehen.

»Schon«, brummte Vic. Dann faltete sie die Zeitung zusammen, sah uns abwechselnd an und fragte: »Was machen wir als Nächstes?«

Sadiq legte die Stirn in Falten und überlegte. Dann begann er an den Fingern aufzuzählen: »Wir hatten jetzt Autoreifen – also das steht für den Verkehr. Und wir hatten die T-Shirts – das steht für die Bekleidungsindustrie. Hm.«

Beim Aufzählen kam er nur vom Daumen bis zum Zeigefinger, schließlich war das erst unsere zweite Aktion gewesen. Aber keine*r von uns dreien stellte infrage, OB es überhaupt weitergehen soll. Das ist uns einfach so was von klar.

»Wir könnten mal über das Thema Energie nachdenken«, schlug ich vor. »Strom, Gas, Kohle, diese Dinge ...«

»Oder wir könnten uns im Museum an Kunstwerke kleben«, meinte Sadiq.

»Ja«, meinte Vic. »Oder wir verüben ein Farbbeutelattentat auf die Firmenzentrale von CheepTex. Das ist dann auch ein Kunstwerk. Unser eigenes.«

»Hey, Vic.« Ich guckte sie ganz ernst an. Oder hab zumindest versucht, ganz ernst zu gucken. »Vic, warum bist du dermaßen auf CheepTex eingeschossen? Wir wollen fürs Klima kämpfen, für den Planeten, für die Menschheit. Ganz ehrlich, ich hab kein Bock auf einen Privatkrieg zwischen dir und deinen Eltern.«

Da warf sie den Kopf zurück, kniff die Augen zusammen und schoss einen Todesblick auf mich herab. (Also ich bin mindestens gleich groß wie sie, eigentlich eher größer, aber so, wie sie den Kopf hielt, war das trotzdem von oben herab.)

»Darum geht es nicht«, zischte sie.

»Sondern?«

Sie beugte sich vor und flüsterte: »Wir könnten 1000 Klimasünder-Firmen ein kleines bisschen ärgern. Das merken die Bosse in der Chefetage nicht mal. Oder aber wir nehmen eine einzige Firma so richtig ins Visier und vermiesen ihnen komplett das Business. So, dass es richtig viel Aufmerksamkeit erzeugt. Ein Exempel, versteht ihr? Ein warnendes Beispiel für alle anderen.«

»Okay?«, machte Sadiq.

»Aufmerksamkeit«, wiederholte ich und wollte was Abwertendes dazu sagen, so aus dem ersten Reflex, weil – wir machen das doch nicht aus Eitelkeit, nicht aus Lust daran, irgendwie fame zu werden.
Ich hab aber nichts gesagt, weil wir eh schon längst wieder über die Mittagspause drüber waren und ich zur Abwechslung mal pünktlich bei Französisch aufschlagen wollte.
Und wenn ich jetzt drüber nachdenke, hat Vic natürlich komplett recht, es geht sehr wohl um Aufmerksamkeit. Genau das war doch auch der Grund, warum ich unter falschem Namen an den »Anzeiger« geschrieben hatte. Wir müssen Menschen erreichen. Viele. Wir müssen sie wachrütteln.

Hallo!

Haaallo!

Haaaaallllloooo!

Aufwachen, Leute!

Aufmerksamkeit!

Das ist ja auch das Ding bei diesen Aktivist*innen, die sich an die Kunstwerke kleben. Ich glaube mal, die haben nichts gegen Bilder oder Museen, sondern sie wissen, wenn

sie sich an so ein Bild kleben, das jede*r kennt und das vlt. ein paar Millionen wert ist, dass das dann in den Medien wahrgenommen wird.
Im Grunde ist das, was sie tun, selbst eine Art von Kunst.
Vielleicht hat Vic recht.
Wir machen aus der Firmenzentrale von CheepTex ein Kunstwerk.

Tja, was ist Kunst?

Wie weit soll oder darf Klimaprotest gehen?

Und wie spät ist es eigentlich? Hast du dein Abendessen vergessen? Musst du nicht mal aufs Klo?

Das Buch läuft dir ja nicht weg.

Jedenfalls ... nicht wörtlich. Aber es fühlt sich für dich komisch an, das Buch einfach rumliegen zu lassen, denn je weiter du darin liest, desto mehr – nun ja – *Ungesetzliches* findest du darin. Dir geht die Frage durch den Kopf, ob du dich eigentlich selber strafbar machst, wenn du in dem Buch liest. Also: wenn du darin liest, ohne dass du es irgendwo ... meldest. Du könntest es zur Polizei bringen. Oder es vielleicht erst mal deinen Eltern zeigen und schauen, was die dazu sagen. Aber das wäre auch irgendwie ein Verrat an Pauline oder nicht? Sie hat dir dieses Buch schließlich anvertraut.

Andererseits hast du nun wirklich nicht darum gebeten. Du bist ihr gegenüber zu gar nichts verpflichtet. Echt nicht.

Aber an dieser Stelle musst du noch nichts entscheiden. Wenn du es zu Ende gelesen hast, kannst du immer noch in Ruhe überlegen, was du mit dem Tagebuch tun wirst. Du schiebst es unters Kopfkissen und gehst aufs Klo, holst dir was zu essen und kehrst dann zurück in dein Zimmer, um weiterzulesen.

21. Oktober (Freitag)

Ich hab gerade eigentlich gar keine Lust, in dieses Buch zu schreiben. Aber wie so oft hilft es mir dabei, mich ein bisschen zu sortieren. Mir schwirrt der Kopf von den ganzen Videos, die ich heute Abend geguckt habe.

Aischa schreibt. Schon wieder. »Wo bleibst du, Pauli? Das ist DIE Party! Beweg deinen Hintern hierher!«

Ich schiebe das Handy etwas weiter weg und konzentriere mich auf das, was ich aus den Videos verstanden habe. Also: Es gibt Farbbomben aus Marmeladegläsern, alten Glühbirnen, Christbaumkugeln und natürlich ganz banal aus Luftballons oder Wasserbomben. Gläser knallen schön, wenn man sie an eine Hausfassade wirft (aber wollen wir, dass es knallt?), haben allerdings auch den Nachteil, dass sie manchmal gar nicht kaputtgehen. Sondern zurückprallen, und dann zerplatzen sie vor unseren Füßen und bespritzen uns statt des Hauses. Die klassischen Wasserbomben funktionieren besser, aber sie mit Farbe zu füllen, ist umständlicher, außerdem kann es passieren, dass sie schon beim Transport kaputtgehen, und dann haben wir erst recht eine große Sauerei.

Apropos Farbe: Nehmen wir Acryl, Kunstharz, Bitumengemisch oder Dispersionsfarbe? Noch beim Abendessen vorhin kannte ich keines dieser Wörter.

Aber die Videos, die ich mir vorhin angesehen habe, sind ungeheuer lehrreich. Da existiert anscheinend eine ganz eigene Welt von Aktivist*innen, Klimaschützer*innen, Hausbesetzer*innen, Antifaschist*innen etc., von der ich bislang keine Ahnung hatte. Sie sprechen irgendwie eine ganz eigene Sprache, und ich glaube nicht, dass wir mit TOO HOT wirklich dazugehören ~~wollen~~ ~~sollen~~ ~~könnten~~ werden.

Aischa meldet sich schon wieder. »Sadiq ist auch da«, schreibt sie – mit ca. 700 Zwinkersmileys. Was soll das? Ich hab ihr doch gesagt, dass ich noch komme. Und wenn ich das sage, halte ich es auch. Da braucht sie doch nicht so einen Stress machen.

Ach, Shit. Ich kann mich jetzt nicht konzentrieren.

Die Farbbomben müssen warten.

Als du umblättern willst, fühlt sich die nächste Seite seltsam an. Du hast die Stelle erreicht, an der Pauline eine Haarsträhne eingeklebt hat. Das war dir ja schon vorhin beim ersten Durchblättern aufgefallen. Komisches Gefühl, ihr plötzlich physisch so nah zu sein, diesem fremden Mädchen, in deren Gedankenwelt du eingedrungen bist. Jetzt ist es, als könntest du sie anfassen. Streichst du mit der Fingerkuppe vorsichtig über das braune Haar, das an beiden Enden mit Streifen von Tesafilm auf der Buchseite befestigt ist? Oder lässt du es bleiben, weil … es eklig wäre oder eine Grenze überschreiten würde?

22. Oktober (Sa.)

»Sei du selbst die Veränderung,
die du dir für die Welt wünschst.«

Das ist von Mahatma Gandhi.
Ich hab das einfach mal wörtlich genommen und bin heute Vormittag bei der Friseurin gewesen. Kurz & schwarz statt braun & lang. Wenn ich draußen an einem Schaufenster vorbeigehe oder drinnen zufällig in einen Spiegel gucke, zucke ich jedes Mal zusammen, weil es noch so ungewohnt ist. Aber das legt sich sicher bald.
Als ich heute Nachmittag bei Sadiq klingelte und er mich sah, hat er gefragt: »Wer bist du, und was hast du mit Pauline gemacht?«
Dann hat er gelacht. Ich glaube, er mag meinen neuen Look.
Um das klarzustellen: Es spielt keine große Rolle für mich, ob es irgendwem gefällt oder nicht, es muss schließlich MIR gefallen und sonst niemandem. Meine Mutter war total geschockt, als ich nach Hause kam. Aber dann meinte sie, dass das schon stark aussieht, nur halt, dass ich damit plötzlich viel älter wirke. Als sie das sagte, lag was Trauriges in ihrem Blick. Als ob sie sich die Zeit zurückwünschen würde, wo ich noch klein war. Wo wir noch eine »richtige« Familie waren. Aber waren wir das jemals? Als mein Vater

noch bei uns gewohnt hat, gab es doch viel mehr Stress als heute. Es ist eine Illusion, so zu tun, als wäre »früher« irgendwas besser gewesen. Okay, in meiner Erinnerung ist »früher« ein heimeliger Ort. Meine Kindheit war wirklich behütet, muss ich sagen (sehr anders als die von Sadiq, aber dazu später), und wenn ich an meine Grundschulzeit denke oder an den Kindergarten, dann sehe ich da immer nur Freude und Sonnenschein.

Heute weiß ich, dass dieser Sonnenschein von einer vergifteten Schönheit ist, so giftig wie der glänzende Apfel im Märchen, den die böse Stiefmutter dem Schneewittchen anbietet. Oh, shit – das ist eine echt gute Metapher für den Zustand der Welt.

Also meine Mutter ist sicher keine böse Königin, und sie selbst versucht ja auch ständig, klimabewusster zu leben, aber das ändert nichts daran: Unsere Eltern überreichen unserer Generation einen Planeten, der vielleicht schön aussieht, aber völlig vergiftet ist.

Von Krieg und Hass, von Gier und Ungerechtigkeit und Umweltzerstörung und von einem Klima, das sich so gut wie nicht mehr retten lässt. Aus der sonnigen Kindheit gehen wir in eine Zukunft aus Asche und Staub.

Jetzt hab ich geschrieben: »so gut wie nicht mehr retten lässt«. Manchmal fühlt es sich für mich tatsächlich so an, als gäbe es keine Hoffnung mehr. Und wenn ich dann an unsere geplante Aktion gegen die CheepTex-Zentrale denke, kommt es mir sinnlos vor – und trotzdem will ich es machen, einfach aus Wut und Frust und Verzweiflung. Und dann male ich mir aus, dass es ja vielleicht doch was bringt. Nicht wir allein natürlich, nicht mit dem Kampf gegen eine einzige Firma. Aber wir sind doch Teil von einer großen Bewegung. Wenn überall auf der Welt ganz viele Leute ganz viele kleine einzelne Aktionen machen, verändert sich vielleicht doch auf Dauer das Bewusstsein der Menschen.

Ich bin ganz abgeschweift, ich wollte eigentlich von gestern und von heute schreiben.
Gestern bin ich doch noch zu Leonies Party gefahren.
Aischa hatte recht, es war wirklich cool. Wir haben sogar getanzt. Einfach mal für ein paar Stunden alles vergessen – Schulstress, Elternstress, Klimastress. Alles.
Auf dem Heimweg hat mich Aischa schon wieder wegen Sadiq gefragt. Ob da was geht. »Merkst du nicht, wie er dich anguckt?« Und dann meinte sie: »Wahrscheinlich merkst du nicht mal, wie DU ihn anguckst.«
Nee, merke ich echt nicht.
Und ich hab auch ehrlich gesagt keinen Bock drauf, dass es irgendwie kompliziert wird zwischen uns. Wir sind TOO HOT, und das gefällt mir, das fühlt sich total richtig an, wir machen eine Aktion aus Überzeugung, wir kämpfen einen Kampf, und da kann ich jetzt keinen Liebesscheiß gebrauchen.

LIEBESSCHEISS

Bestimmt lache ich eines Tages mal über dieses Wort. Egal. Ich frag mich, ob das eine Rolle spielte bei meinem Entschluss, mir heute spontan die Haare abschneiden zu lassen. Aber nee, glaub nicht. Ich bin einfach heute Morgen aufgewacht, fühlte mich gut, spürte irgendwie so eine gewisse Power und dachte: Warum nicht?

Wie gesagt – Sadiq gefällt meine neue Frisur anscheinend. Ich schreibe das nicht, weil es für mich eine Rolle spielt. Sondern nur deshalb, weil es, glaub ich, nicht so typisch Junge ist. Weil, es heißt doch, dass Jungs angeblich bei Mädchen immer auf lange Haare stehen. Was natürlich genauso ein Klischee ist, wie dass überhaupt alle Jungs auf Mädchen stehen, was natürlich nicht so ist, weil es auch Jungs gibt, die auf Jungs stehen, und Jungs, die gar keine Jungs sind oder keine sein wollen, und weil es überhaupt eine riesengroße Vielfalt gibt an Geschlechtern und Vorlieben und Sehnsüchten und Anziehungskräften. Ich weiß das eigentlich alles, stelle aber immer wieder fest, dass ich selber komplett in Klischees und Bildern feststecke. Zum Beispiel hatte ich verrückte Bilder davon im Kopf gehabt, wie Sadiq und seine Familie leben, bevor ich heute zum ersten Mal bei ihnen zu Hause war.

Keine Ahnung, was ich mir ausgemalt hatte – dass es keine Sofas oder Stühle gibt, sondern alle immer auf Kissen am

Boden hocken? Nee, Bullshit. Jedenfalls ist es ein ganz normales Reihenhaus voller ganz normaler Möbel, und in Sadiqs Zimmer gibt es genau wie in meinem Zimmer ein Bett und einen Schreibtisch und eine Playsi … der einzige große Unterschied ist vielleicht, dass es in seinem Zimmer noch ein weiteres Bett und einen weiteren Schreibtisch gibt, denn er teilt sich das Zimmer mit seinem jüngeren Bruder Suad (14). Er hat außerdem noch zwei Schwestern, die teilen sich ebenfalls ein Zimmer.
»Ich beneide dich total, dass du drei Geschwister hast«, hab ich zu ihm gesagt.
Und er so: »Ich beneide dich total, dass du Einzelkind bist.«
Und dann hat er kurz an die Decke geschaut und gemeint: »Nee, egal. Mein Vater sagt immer, ich soll gefälligst dankbar sein. Und er hat ja recht.«
»Wofür dankbar?«, hab ich gefragt. »Für das Haus?«
»Für alles«, sagte er. »Die Schule, die Freiheit, das Leben, das Haus. Es gehört der Kirche, wir dürfen hier wohnen für wenig Miete. Mein erstes Jahr in Deutschland haben wir alle in einem Container gelebt. Mit Etagenbetten, die direkt aneinander standen, sodass ich durch das Bett meiner Mutter klettern musste, wenn ich in mein eigenes wollte. Da waren wir noch zu fünft, aber dann wurde Muna geboren, und ich dachte, jetzt dreh ich endgültig durch.«
Ich betrachtete seine Schwester Muna, die nächstes Jahr in die Schule kommen würde, wie sie mir erzählt hat. Also muss das etwa 6 Jahre her sein.

»Wo wart ihr vorher?«, fragte ich vorsichtig.
Er antwortete nicht, denn in diesem Moment kam seine andere Schwester, Salima (11), ins Zimmer – wir sollten in die Küche kommen.
Das machten wir.
Und da saßen wir dann und tranken Tee mit Sadiqs ganzer Familie. Ich fand es erst strange, aber dann auf seltsame Art schön. Für seine Eltern und Geschwister war es nicht so, dass ich bei IHM zu Besuch war, sondern quasi bei allen, ich war Gast der Familie. Und es dauerte eine Weile, bis er und ich uns von ihnen loseisen und in die Garage zurückziehen konnten.
Dort stand zwar kein Auto (sie haben gar keines; schon mal ein Pluspunkt in Sachen Klima), dafür war alles voller Gerümpel – alte Möbel oder Teile davon, Wäscheständer, ein Dreirad, sogar eine Badewanne. Alles Sachen, wie Sadiq sagte, die seiner Familie von Menschen aus der Kirchengemeinde gespendet worden waren. Und die nun darauf warteten, weiterverschenkt zu werden, da Sadiqs Familie das meiste gar nicht gebrauchen konnte.
»Die Leute hätten euch ja vorher mal fragen können, was ihr eigentlich benötigt«, hab ich gesagt.
Und er hat gelacht und meinte: »Die dachten vermutlich, dass wir eh kein Deutsch verstehen. Aber sie haben es ja gut gemeint.«
Er schob einen großen Karton mit leeren Einmachgläsern von einer Art Anrichte, die sich daraufhin als Werkbank

entpuppte. An der Wand waren Nägel eingeschlagen und daran hingen einzelne Werkzeuge.
»Ein paar sinnvolle Dinge habt ihr also doch geschenkt bekommen«, sagte ich und nahm eine Laubsäge von ihrem Nagel.
Er lachte. »Nee, das hab ich auf diversen Flohmärkten gekauft.«
Er öffnete einen ausrangierten Kleiderschrank, schaute prüfend hinein und nickte. Dann nahm er zwei Schritte Anlauf und trat mit voller Wucht in den leeren Schrank hinein. Mit Getöse flog hinten die Rückwand hinaus. Sadiq zog sie zwischen dem Schrank und der Garagenmauer hervor. »Gut, oder?«
Sie bestand aus dünnem Pressspan.
»Perfekt«, sagte ich und holte das zusammengefaltete Papier aus meinem Rucksack, aus dem ich vorher die Buchstaben ausgeschnitten hatte. Das legte ich auf die dünne Schrankrückwand. TOO HOT. Das Problem ist natürlich bei einer Schablone, dass man für das »O« einen Innenkreis braucht. Oder man lässt unten und oben ein dünnes Stäbchen stehen. Oder man macht das nicht, sondern füllt einfach das ganze O. Ich denke, das wird auch gut aussehen.
So machten wir uns an die Arbeit. Wir haben vorgezeichnet, gesägt, es scheiße gefunden und noch mal neu angefangen.
Mittendrin hab ich gefragt: »Wo wart ihr vorher?«
Und er so: »Vor was?«

Und ich: »Bevor ihr im Container gelebt habt.«
Da hat er die Säge weggelegt.
Hat sich am Kopf gekratzt, als wäre es peinlich.
Ich hab meine Frage bereut. Ich wollte ihn doch nicht in Verlegenheit bringen.
»Unterwegs«, hat er dann nur gesagt und wieder an die Decke geguckt. »In vielen Ländern. Wir sind gelaufen. Manchmal in Bussen gefahren. Haben in Zelten geschlafen oder in Turnhallen, in Ruinen, manchmal auf der Straße oder im Wald. Manchmal haben die Leute uns Essen gegeben, und manchmal haben sie uns mit Steinen beworfen. Wir gingen immer weiter. Bis wir irgendwann ankamen. Ich fand es damals gar nicht so schlimm in diesem Container. Immerhin mussten wir nicht mehr weiterlaufen.«
»Ich glaub«, sagte ich leise, »wenn ich so was erlebt hätte, wäre mir das mit dem Klima kackegal.« Keine Ahnung, wie ich draufkam – es erschien mir logisch in diesem Augenblick.
Jetzt, wo ich am Abend mit etwas Abstand drüber nachdenke, kommt mir wieder dieser Jörg in den Sinn, aus der Kommentarspalte unter dem Artikel im Anzeiger. »Verwöhnt und undankbar«, hatte der Typ geschrieben. Anscheinend hab ich ein Stück von dieser bescheuerten Meinung selber in mir. Als könnten Menschen nur dann für das Klima kämpfen, wenn sie ansonsten ein gemütliches, fast langweiliges Leben haben. Bullshit.
Sadiq sagte: »Ich kann mich nicht mehr an vieles erinnern

aus meinem alten Leben in meinem alten Land. Aber an den Feigenbaum hinter dem Haus meiner Oma. Als wir abhauen mussten, hat meine Oma geweint, und mein Vater hat zu ihr gesagt, sie soll gut auf den Baum aufpassen, denn wir würden eines Tages zurückkommen, und dann würden wir zusammen die leckeren Feigen essen.«

»Und – wirst du eines Tages dorthin zurückkehren?«, fragte ich.

»Ja«, sagte er. »Aber wie soll ich das Versprechen von meinem Vater halten, wenn ich zurückkehre und der Feigenbaum ist verdorrt? Wegen des Klimawandels?«

Das fand ich plötzlich ganz extrem romantisch, diesen Gedanken von ihm. Dabei steh ich gar nicht so auf Romantik, dachte ich immer. Und darum sagte ich:

»Mensch, Sadiq, das find ich ganz extrem romantisch.«

»Oh«, machte er nur. »Na ja – mir ging das neulich so durch den Kopf, weißt du? Ganz am Anfang war es weniger die Romantik.« Er lachte. »Am Anfang hatte ich einfach Bock, den SUV-Fahrern eins auszuwischen.«

Ich lachte ebenfalls und meinte: »Ach komm, das ist doch auch irgendwie romantisch.«

»Und vor allem«, sagte er, »hatte ich Bock, mit dir was zusammen zu machen. Denn du …«

Er stockte.

»Ja?«, hab ich gefragt.

Und in dem Moment dachte ich – Liebesscheiß hin oder her, wir küssen uns jetzt.

Er wollte es.
Ich wollte es.
Es klopfte, und das Garagentor wurde geöffnet. Wir sprangen regelrecht auseinander, als Salima reinkam.
»Hier ist noch mehr Besuch«, sagte sie.
Hinter ihr tauchte Vic auf. »Ich stör doch nicht?«, meinte sie und grinste vieldeutig. Dann musterte sie mich. »Was ist denn mit deinen Haaren passiert?«
»Du störst nicht«, sagte Sadiq.
»Siehst du doch«, brummte ich auf ihre Frage. »Und du? Warum kommst du erst jetzt? Wir waren vor einer Stunde verabredet.« Das sagte ich vor allem, um abzulenken, denn Vic schnallte sehr wohl, dass sie im unpassendsten Augenblick aufgekreuzt war. »Wir sind fast fertig.«
»Oder auch nicht«, brummte sie und musterte die eineinhalb fertig ausgesägten Schablonen mit dem Schriftzug TOO HOT. »Das muss viel größer werden.« Sie sah sich kurz um und wartete, bis Salima gegangen war und das Tor sich wieder geschlossen hatte, dann sagte sie leise: »Ich war noch in der Zentrale. Von CheepTex. Darum komme ich erst jetzt. Ich hab mir die Überwachungstechnik angesehen und ich glaube, es ist total einfach, die ganzen Kameras zu manipulieren. Bloß …«
»Bloß was?«, fragten Sadiq und ich wieder wie aus einem Mund. Vic brauchte das gar nicht so dramatisch zu erzählen, fand ich. (Ich hasse es, wenn Leute beim Reden mit Absicht solche Pausen machen, damit man nachfragt …)

»Ein Mitarbeiter hat mich erwischt«, sagte sie. »Nicht erwischt im Sinne von erwischt, es ist schon okay, ich darf da rumlaufen, schließlich bin ich die zukünftige Chefin. Aber er hat geschnallt, dass ich mich für die Kameras interessiere. Und wenn dann nur wenige Tage später ein Anschlag auf das Gebäude passiert, bei dem die Kameras nichts aufnehmen, dann fürchte ich, dass der Verdacht auf mich fällt.«
Ich stemmte die Hände in die Hüften und fragte: »Was heißt das? Knicken wir die Aktion?«
»Im Gegenteil«, meinte sie. »Wenn wir schon die Aufmerksamkeit der Kameras haben, sollten wir ihnen auch eine richtige Show liefern.«

Und das scheint ihnen gelungen zu sein.

Eine richtige Show.

Du hast im Internet Fotos von dem Gebäude gesehen, sogar einen kurzen Clip, den jemand bei YouTube hochgeladen hat, ein Beitrag aus einer Sendung im Lokalfernsehen.

24. Oktober (Mo.)

Morgen ziehen wir es durch! Oh shit, ich bin gespannt. So eine nächtliche Aktion mitten in der Woche zu starten, hatte ich mir nicht vorgestellt. Aber vielleicht ist das besonders günstig, weil an einem Dienstag nachts weniger Leute unterwegs sind als an einem Wochenende. Den Ausschlag dafür hat meine Mutter gegeben; sie muss nämlich auf eine Fortbildung. So können Vic und Sadiq bei mir übernachten, und niemand bemerkt, wenn wir nachts für ein, zwei Stunden das Haus verlassen. (Hoffe ich jedenfalls.)
Apropos bemerken: Ich frage mich gerade, ob es eine schlechte Idee von mir war, dieses Tagebuch mit in die Schule zu nehmen? Ich sitze nämlich im Augenblick nicht zu Hause an meinem Schreibtisch, sondern in der Schulbibliothek.
Ich hab eine Freistunde und könnte Bio machen. Polymerase-Kettenreaktion ist ganz bestimmt eine total wichtige Sache. Aber das, was wir tun, ist doch auch wichtig. Hat auch mit Bio zu tun – im weitesten Sinne. Denn uns geht es ja darum, das Leben auf diesem Planeten zu verteidigen. Leben, wie wir es kennen. Wäre toll, wenn wir mit unserer Aktion vielleicht auch so was wie eine Kettenreaktion auslösen könnten …

26. Oktober (Mi., Nacht/früher Morgen)

Shit, ich hab noch nie in meinem Leben so geschwitzt wie in dieser Nacht. Und das war gar nicht primär aus Schiss, sondern vor allem wegen der ganzen Klamotten.
Eigentlich wär ich gern anschließend direkt duschen gegangen, aber dazu war ich viel zu k. o. Schlafen kann ich allerdings auch nicht, dafür bin ich wiederum zu aufgewühlt. Also hab ich mich mit diesem Tagebuch ins Bett gekuschelt und die kleine Leselampe angeknipst, um mich ein bisschen »frei zu schreiben«. Auf den Gästematratzen neben mir liegen Sadiq und Vic, sie mit ausgebreiteten Armen, als wolle sie im Traum wegfliegen oder aber sie stünde auf einem Balkon und hielte eine große Rede. Sadiq hingegen hat sich zusammengerollt wie eine Katze, hat die Decke ganz über sich gezogen, sodass nur ein paar seiner schwarzen Locken darunter hervorgucken.
Ich höre die leisen Atemzüge der beiden und sonst nichts. Im Ohr hab ich aber noch die Stimme des Wachmanns, wie er hinter uns herruft. Und bevor der Wachmann auftaucht, natürlich das herrliche Geräusch der zerplatzenden Farbbomben auf der Fassade. Splash! Splash! Splash! Wir hatten uns am Ende doch für Luftballons entschieden und die mit einer Mischung aus Farben und Lacken gefüllt.
Die Ballons klatschten gegen die makellose Wand aus

Sichtbeton und zerplatzten, die roten und gelben und giftgrünen Gemische spritzten kreisförmig heraus wie explodierende Sterne, bevor sie zäh herabzufließen begannen, ein zerlaufenes Bild von bizarrer Schönheit. Ich habe Fotos gemacht, obwohl Sadiq meinte, wir sollten das auf keinen Fall tun, das wäre nur unnötiges Beweismaterial gegen uns, falls man uns erwischt. Da hat er natürlich recht, aber ich fand es so entsetzlich schön, es ist wirklich ein Kunstwerk geworden.

Die Firmenzentrale von CheepTex liegt am Stadtrand ziemlich unprotzig, fast schon bescheiden inmitten eines Industriegebietes. Über das Tor zu klettern, hätte eigentlich sehr leicht sein müssen, wäre da nicht unser spezielles Outfit gewesen: Wir trugen Bomberjacken (natürlich von CheepTex, 29,99 € pro Stück) und darunter mindestens 3 Pullis übereinander (Sadiq 4, glaub ich), in die Hosen hatten wir uns außerdem Socken gestopft, bis sie an Beinen, Bauch und Hintern völlig ausgebeult waren, außerdem trugen wir Mützen, Masken und Handschuhe. So waren weder unsere Gesichter zu erkennen noch unsere Körper – die hatten wir total unförmig gemacht – noch konnten wir Fingerabdrücke hinterlassen. Nur war es, wie gesagt, mega umständlich, in dem Outfit zu klettern. Ich stieg nicht, ich wälzte mich eher rüber, dann reichte mir Sadiq die Plastiktüten durch den Zaun, in denen wir die Bomben trugen (Plastiktüten mit dem CheepTex-Logo, haha), dann folgten er und Vic. Wir liefen über einen verwaisten, schwach beleuchteten

Vorplatz und gingen vor dem Gebäude auf Position. Es ist ziemlich modern. Viel Glas und vor allem viel Beton wie gesagt und das Besondere ist, dass es nach oben breiter wird. Es sieht ein bisschen wie ein Trichter aus. Oder wie ein Mixer. Oben werfen sie Ausbeutung und Umweltzerstörung rein, unten kommt Geld raus. Das Gebäude ist an dieser Vorderseite schmal und zieht sich dann weit nach hinten, trotzdem kommt es mir nicht groß vor. Nicht so, wie ich mir eine Firmenzentrale vorgestellt hab. Vic meinte, da arbeiten keine 100 Personen. Die Produktion läuft ja in anderen Ländern und auch hier in Deutschland sind die meisten Leute – die Verkäufer*innen, die LKW-Fahrer*innen, die Lagerarbeiter*innen – gar nicht bei CheepTex angestellt. Wir bauten uns also vor der Fassade auf mit unseren deformierten Silhouetten und winkten freundlich in die Überwachungskameras. Niemand würde uns später anhand der Aufzeichnungen identifizieren können. Dann öffneten wir unsere Tüten und begannen mit dem Bombardement. Weit ausholen und mit aller Kraft gegen die Fassade schleudern. Splash! Splash! Es tat so wahnsinnig gut!

Gut!

Splash!

Zum Schluss legten wir unmittelbar vor der breiten Eingangstür die Schablone, die wir am Samstag in Sadiqs

Garage zurechtgesägt hatten, auf den feinen Steinboden. Die letzten Bomben klatschten wir direkt darauf. (Blöderweise hat mein linkes Hosenbein dabei voll was abgekriegt, aber ich hatte mit so was in der Art gerechnet und eh meine allerälteste Jeans angezogen, die ich zu Hause gleich in den Müll getan hab.)

TOO HOT

stand jetzt also in sehr großen, sehr giftgrünen Worten vor der Firmenzentrale von CheepTex, während an der Fassade noch immer in allen Farben des Regenbogens der Inhalt unserer Bomben herablief und -tropfte. Wir hatten nicht nur ein Kunstwerk geschaffen, wir hatten es auch noch signiert. Ich machte ein weiteres Foto und sah, wie Sadiq unter seiner Maske das Gesicht verzog.

»Komm schon«, sagte ich und boxte ihn. »Ich glaube nicht, dass morgen die Polizei auftaucht, mein Handy konfisziert und …«

»Hey!«, rief da eine*r, und das war keine*r von uns dreien. Ich bin richtig erstarrt. Und im nächsten Moment war ich blind, jedenfalls für eine halbe Sekunde, denn jemand hatte eine Taschenlampe direkt auf mein Gesicht gerichtet.

»Kommt mit!«, zischte Vic, und ich kriegte mit, dass sie losrannte, weg von dem Taschenlampentypen, weg von dem Tor, auf das Gebäude zu bzw. links daran vorbei. Und dann konnte ich mich aus meiner Starre lösen, wollte hinterherrennen, hielt kurz inne und klaubte noch ganz schnell die hölzerne Schablone vom Boden auf. (Wir trugen zwar jetzt Handschuhe, aber Samstag hatten wir das Ding natürlich mit den nackten Händen angefasst, und bestimmt sind da unsere Fingerabdrücke drauf.)

Ich schnappte mir also das Teil und rannte hinter den beiden her, drehte mich nochmals um und sah, dass der Typ hinter uns seine Taschenlampe in den Gürtel geschoben hatte und eine Chipkarte gegen einen Schalter neben dem Tor hielt. Der Mann trug eine Uniform, aber er war kein Polizist, eher von einer privaten Wachfirma oder so. Das Tor begann sich zu öffnen. Der Mann schob sich hindurch und rief: »Bleibt lieber stehen! Wenn ich euch fangen muss, wird's ungemütlich.«

Ich rannte weiter und prallte auf Sadiq, der auf Vic prallte, die stehen geblieben war. Wir befanden uns seitlich von dem CheepTex-Gebäude auf einem Parkplatz, der mitten in der Nacht natürlich komplett leer war.

»Was ist?«, motzte ich Vic an. Ich wusste gar nicht, warum ich plötzlich so sauer auf sie war.

»Ich muss kurz überlegen«, sagte sie. »Okay, kommt mit.«

Wir liefen weiter an dem Gebäude entlang bis zu dessen Rückseite.

»Stehen bleiben!«, brüllte der Typ hinter uns.

Das Gebäude stieß auf der Rückseite an einen Bahndamm, den Vic raufkletterte. Sadiq und ich hinterher, Äste schlugen uns ins Gesicht, Dornenranken schnappten gierig nach meinen Hosenbeinen, die Kleiderschichten unter meiner Jacke schienen sich mit meinem Schweiß vollzusaugen und Tonnen zu wiegen. Ich ließ die Schablone fallen und griff wahllos nach irgendwelchem Gestrüpp im Dunkel, manches riss sofort ab, anderes stach mich sogar durch die ledernen Reithandschuhe hindurch in die Hand, aber etwas davon hielt, und so zog ich mich keuchend den steilen Bahndamm hoch. Unser Verfolger war hinter uns, das Gestrüpp knackte unter seinen Schritten, dann schnitt ein Lichtkegel durchs Dickicht – hier hinter dem CheepTex-Gebäude war es stockfinster, darum hatte er wieder seine Taschenlampe angeknipst.

»Beeilt euch, verdammt!« Vic hatte oben die Bahngleise erreicht und winkte uns zu sich. Jetzt, hier im Bett, sehe ich uns vor mir, als wären wir in einem Film. Im Film würde jetzt ein Güterzug angerauscht kommen und wir würden ganz knapp vor der Lock in letzter Sekunde die Gleise überqueren, während der Wachmann stehen bleiben und den Zug vorbeirauschen lassen muss. Oder der Zug würde so langsam fahren, dass wir aufspringen und damit abhauen konnten. Doch das passierte nicht. Kein Zug kam. Stattdessen hetzten wir über die Schienen, die im Dunkeln matt wie Striche aus schwarzer Tinte schimmerten, wir stolperten über den Schotter, bevor wir uns auf der anderen Seite des Bahndamms wieder ins Dickicht warfen und in einen schwarzen Abgrund taumelten, von dem ich nichts sah, nur die tausend Arme der Büsche spürte. Kurz fragte ich mich, ob unser Verfolger mit etwas Pech die Schablone finden würde, die ich hatte fallen lassen. Auf der womöglich ja Fingerabdrücke waren. Aber das würde eh keine Rolle spielen, wenn er uns jetzt schnappte. Ich hörte seine Schritte im Schotter und die Geräusche, die Vic und Sadiq um mich herum machten, ich verließ mich nicht mehr auf meine Füße, nur noch auf die Schwerkraft und auf die Pulloverschichten, die wie ein Raumanzug meine Haut von den Dornen trennte. Plötzlich flammte vor mir ein Licht auf, Vics Handy, aber nur kurz.

»Hier!«, zischte sie. Wir hatten einen hohen Zaun aus weiß lackierten Eisenstangen erreicht, hinter dem sich ein großes, fast fensterloses Gebäude erhob, eine Lagerhalle oder so was. Das Handylicht tastete die Gitterstäbe ab und fand ein Loch im Zaun. Zwei Stäbe fehlten, und zwei weitere waren zur Seite gebogen. Das Handylicht verlosch. Ohne dass Vic was sagen musste, verstand ich, dass wir hindurchschlüpfen sollten. Das taten wir, dann liefen wir über einen verwitterten Plattenweg auf eine kleine Tür in der großen Halle zu. Ich drehte mich um und sah oben auf dem Bahndamm den Lichtkegel der Taschenlampe hin und her zucken.

»Er findet uns nicht«, seufzte Sadiq erleichtert.

Da bewegte sich der Lichtkegel auf die Büsche zu, aus denen wir gerade hervorgekrochen waren.

»Doch, der findet uns!« Ich hatte unterdrückt gerufen.

»Hier können wir uns nirgendwo verstecken. Scheiße, Vic!«

Ich drehte mich zu ihr und wollte sie schon wieder

anmotzen, als ich sah, dass sie uns die Stahltür von dieser Lagerhalle aufhielt. Einen Augenblick lang fragte ich mich ernsthaft, ob sie zaubern konnte.
Sadiq und ich flitzten rein, Vic zog die Tür hinter uns zu und schloss sie ab. Sie hatte einen Schlüssel!
Dann standen wir im Stockdunkeln und japsten nach Luft.
Ich riss mir die Maske vom Gesicht und versuchte, meine Atmung unter Kontrolle zu kriegen.
Kurz leuchtete Sadiqs Handy auf, aber Vic und ich riefen wie aus einem Mund: »Mach das aus, Mann!«
»Ich wollte bloß ein bisschen Licht …«
»Da oben sind Fenster«, flüsterte Vic. »Könnte sein, dass er es von außen sieht.«
Sadiq steckte sein Handy weg, und völlige Schwärze umfing uns. In dem kurzen Lichtschein hatte ich endlose leere Hochregale erkannt und weiter hinten eine Stahltreppe, die zu einer Empore führte. Von dort gingen anscheinend Türen zu Büros ab. Ganz am anderen Ende gab es ein riesiges Rolltor. Aber von all dem sah ich jetzt nichts mehr. Die Decke der Halle war nicht mal zu erahnen. Es kam mir vor, als wären wir aus der Welt herausgefallen und trieben in einer riesigen finsteren Blase durch Raum und Zeit.
Plötzlich bekam ich Angst, die beiden anderen könnten sich in Luft aufgelöst haben und ich wäre ganz alleine hier. Ich griff ins Dunkel hinein und bekam eine Schulter zu fassen.
»Aua«, machte Sadiq unterdrückt.
Unter der Decke flammte was auf, es war der Lichtkegel

aus der Taschenlampe des Wachmanns. Der Typ leuchtete offenbar die Fenster dort oben ab.

Dann pochte es an der Stahltür.

Mir gefror das Blut in den Adern, und fast hätte ich laut aufgeschrien, als Vic mich an der Schulter berührte. Sie zog uns fort von der Tür, weiter in die Halle hinein. Wir huschten zwischen den Regalreihen hindurch, die sich allmählich aus dem Dunkel herausschälten, weil meine Augen sich jetzt ein bisschen an die Finsternis gewöhnten. Unter der Treppe erkannte ich drei Türen. Davon eine mit dem Symbol für Männer und eine mit dem für Frauen. Toiletten.

Ich hörte, dass die Stahltür am Eingang aufgeschlossen wurde. Wir flüchteten uns lautlos in die Damentoilette. Ein unangenehmer Geruch empfing uns, faulig, wie brackiges Wasser in einem Gulli oder so. Vermutlich, weil diese Klos seit Ewigkeiten nicht mehr benutzt wurden. Wir befanden uns in einem Vorraum mit einem Waschbecken. Das erkannte ich, weil von irgendwoher schwaches Licht hereindrang.

»Hallo?«, rief der Typ. »Hallo!«

Das Echo hallte schaurig durch die einsame Halle.

Vic öffnete die Tür zur Toilettenkabine, in deren Rückwand unter der Decke ein kleines Fenster eingelassen war. Sie kletterte auf das Klo und öffnete es.

Ich war mir nicht sicher, ob wir da durchpassen würden. Vor allem mit diesen ganzen Klamotten am Leib. Aber Vic zog sich bereits hoch und kämpfte sich durch die kleine Öffnung.

»Nach dir«, flüsterte Sadiq.
Vic schaffte es hindurch, und ich hörte, wie sie auf der anderen Seite raschelnd in einem Gebüsch landete. Also stieg ich ebenfalls auf den Klodeckel und zog mich hoch, hielt inne und wusste nicht weiter.
»Schnell, er kommt«, zischte Sadiq und schob von unten gegen meine Füße.
So quetschte ich mich durchs Fenster und hatte keine andere Möglichkeit, als mich auf der anderen Seite einfach kopfüber fallen zu lassen. Mit ausgestreckten Händen schoss ich in das dichte Gestrüpp an der Außenmauer, spürte den schweren Aufprall in den Handballen und machte einen unfreiwilligen Flickflack, bevor ich hart auf dem Rücken landete. Okay, so hart war es nicht, denn jetzt waren die drei Pullis unter der Jacke echt von Vorteil. Schnell rollte ich mich zur Seite, bevor Sadiq haarscharf neben mir aufschlug. Ich rappelte mich auf und sah im Licht einer einsamen Laterne, dass Vic schon wieder auf die Füße gekommen war. Die Laterne beleuchtete das angrenzende Grundstück, einen großen Parkplatz voller Wohnmobile. Da könnten wir uns super verstecken, dachte ich kurz, aber ein hoher Metallzaun trennte uns von dem Platz. Der Zaun ging anscheinend um die gesamte Lagerhalle herum. Auf der Seite zur Straße hin war ein hohes eisernes Tor, über das wir nicht drüberkämen, jedenfalls nicht schnell genug und nicht in diesen Klamotten. Nur hinten gab es dieses Loch im Maschendrahtzaun.

Sadiq kam auch auf die Füße. »Und jetzt?«, fragte er leise.
»Jetzt ... weiß ich auch nicht weiter«, gestand Vic.
Da flackerte hinter dem Klofenster die Taschenlampe des Wachmanns auf.
»Was zum Henker ...«, hörte ich ihn fluchen.
Wir mussten hier w

Da bricht der Eintrag einfach ab.

Wie spät ist es eigentlich? Du bist inzwischen echt ganz schön müde. Aber an dieser Stelle kannst du ja wohl unmöglich mit dem Lesen aufhören. Du willst natürlich wissen, wie die drei aus dieser Sache wieder rausgekommen sind.

Etwas macht dich stutzig. Dass da plötzlich dieser Wachmann auftaucht. Wusste Victoria nicht, dass dieses Objekt nachts bewacht wird?

Und – wieso hatte sie einen Schlüssel zu dieser Lagerhalle?

26. Oktober (Mi., abends)

Mir steckt immer noch die letzte Nacht in den Knochen, und eigentlich will ich nur ins Bett und schlafen. Aber ich muss erst schreiben, sonst liege ich wahrscheinlich doch die halbe Nacht wach, während meine Gedanken mit mir Karussell fahren.
Oh shit: Wir waren im Fernsehen!

Aber ich muss der Reihe nach erzählen, denn ich sehe gerade, dass mein Eintrag von letzter Nacht mitten im Wort endet; ich hab gar nicht weitergeschrieben nach unserer Diskussion, sondern das Tagebuch zugeklappt und unters Bett geschoben.
Erst mal zurück zu dieser Lagerhalle.
Wir standen da also und sahen das Taschenlampenlicht des Wachmanns flackern. Und Vic, die die ganze Zeit über so was wie die Anführerin gewesen ist, war auf einmal paralysiert.
Da hab ich das Kommando übernommen.
Wir sind an dem Gebäude außen entlang zurück Richtung Bahndamm gerannt und wieder durch das Loch im Zaun geschlüpft. Wollten hochklettern und über die Gleise, doch da haben wir Blaulicht gesehen. Die Polizei ist anscheinend angerückt. Also drüben, auf der anderen Seite des Bahndamms, bei unserem Kunstwerk – der verzierten

Fassade der CheepTex-Zentrale. Dorthin zurückzulaufen war keine Option. Also haben wir uns in die Büsche geworfen und versucht, mit dem Gestrüpp und dem Schlamm und der feuchten Herbstnachtkälte zu verschmelzen, als wären wir ein unförmiger Teil des Bahndamms.

Schließlich kam der Wachmann durch die Hintertür wieder heraus. Kurz dachte ich, er hätte dort in der Halle noch eine weitere Person getroffen, die wir drei gar nicht bemerkt hatten, denn er diskutierte mit irgendwem. Dann schnallte ich, dass er mit seinem Funkgerät redete. Was aus dem Gerät herauskam, konnten wir auf die Entfernung nicht verstehen, aber den Wachmann hörten wir gut.

»Nein, ich hab wirklich gedacht, die wären in der Halle gewesen«, sagte er, während er von außen die Stahltür abschloss. »Da war ein Klofenster, das ... Weiß ich doch auch nicht ... Nein, war abgeschlossen, aber vielleicht hatten die einen Dietrich oder ... Hör mir doch erst mal ... ja, ist ja gut, ich komme ... Nein, gib mir 10 Minuten. Nein, ich laufe hinten durch den Tunnel. Kein Bock, noch mal über die Gleise zu laufen und außerdem ...« Er redete noch weiter, aber er entfernte sich dabei, sodass wir nichts mehr verstehen konnten.

Keine Ahnung, wie lange wir da schweigend in den Büschen hockten. Meine Beine taten weh und meine Füße wurden eiskalt und ich dachte schon, ich könnte nie wieder aufstehen und woanders hingehen. Aber es funktionierte doch.

Sadiq war der Erste, der sich bewegte. »Ich glaub, wir können«, sagte er bloß.
Stumm schoben wir uns durch die Büsche, schlichen an dem Maschendrahtzaun vorbei und über den großen Parkplatz mit den Wohnmobilen bis zu einer Straße.
Ich zog mein Handy aus der Jackentasche und öffnete die Karten-App, um zu sehen, wo wir überhaupt waren, und wie wir von hier am besten zu mir nach Hause laufen könnten – bzw. zur Bushalte, hinter der wir vorhin unsere Verkleidung angelegt hatten, und wo unsere Rucksäcke (hoffentlich!) noch immer versteckt lagen.
»Brauchst nicht gucken«, sagte Vic, »ich weiß, wo wir sind. Ich kenn mich hier aus.«
»Ach ja?«, fuhr ich sie an. »Wenn du so viel weißt, warum wusstest du dann nicht, dass es hier einen Wachmann gibt?«
Sie machte einen Schritt zurück und guckte erschrocken. Dann empört. (Sie ist es sicher nicht gewöhnt, angemotzt zu werden.) Dann senkte sie den Blick. »Ich wollte nicht …«, murmelte sie und stockte. »Ich hab es einfach nicht gewusst. Ich hab den noch nie gesehen. Anscheinend ist der nur nachts hier.«
»Und wieso hast du einen Schlüssel für dieses Lagerhaus?«, setzte ich nach.
»Es gehört auch zu CheepTex«, sagte sie. »Ich hatte euch schon mal davon erzählt, oder? Es steht schon länger leer, weil …«
»Ja, aber warum hast du einen Schlüssel?«

»Den hab ich mitgehen lassen, als ich am Samstag in der Zentrale war. Ich dachte mir, wer weiß ...«

»Klug von dir«, meinte Sadiq. Es klang anerkennend, er meinte das ernst, da war keine Ironie in seiner Stimme.

Ich hingegen war immer noch sauer. Dafür gab es keinen Grund, eigentlich. Wir waren hier, weil wir alle drei es wollten. Es war ja nicht so, dass Vic sich die Aktion allein ausgedacht hätte. Um uns absichtlich in Gefahr zu bringen.

»Egal«, murmelte ich irgendwann, »ich muss aus den Klamotten raus. Sonst koche ich hier drin.«

Da grinste Sadiq.

»Was ist so lustig?«, blaffte ich ihn an.

»TOO HOT«, meinte er.

»Voll der Running Gag«, brummte ich.

Wir setzten uns in Bewegung und Vic führte uns die Straße entlang durchs nächtliche Industriegebiet bis zu einer Bahnunterführung, wo wir wieder auf die andere Seite der Gleise gelangten.

Ich sah mich ständig um und hatte Schiss, dass uns jemand heimlich folgt, aber da war niemand. Erst, nachdem wir die Bushaltestelle erreicht und unsere Verkleidungssachen in den Rucksäcken verstaut hatten (die Bomberjacken, die Vic für uns besorgt hatte, warfen wir in einen Altkleider-Container), fühlte ich mich wieder einigermaßen sicher. Na, eigentlich erst, als wir endlich meine Straße erreichten und mein Haus und ich an der Wohnungstür feststellte, dass sie nach wie vor abgeschlossen war. (Ich hatte

mir zwischendurch ausgemalt, meine Mutter hätte aus irgendeinem Grund ihre Fortbildung abbrechen müssen, wäre nach Hause gekommen und hätte die Wohnung leer vorgefunden. Wobei – vermutlich hätte sie bloß gedacht, dass wir halt irgendwo feiern wären. Was sie natürlich nicht gut fände, so mitten in der Woche, sicher wäre sie dann sauer gewesen. Aber auf das mit TOO HOT käme sie im Leben nicht. Auch ein kleines bisschen schade, irgendwie ...)
Wir waren viel zu erschöpft zum Duschen oder Zähneputzen. Ich schaffte es gerade noch, meine von der Farbe bespritzte Jeans im Müll zu entsorgen, dann gingen wir pennen. Vic und Sadiq schliefen auch sofort ein, aber ich lag wach, wie ich schon geschrieben hab. Ich holte dieses Tagebuch hervor und schrieb und schrieb, bis ich irgendwann plötzlich aufschreckte und in Sadiqs große dunkle Augen sah. Sie schienen genauso zu glitzern wie neulich im Pool, nur dass hier gar kein Wasser war.
Er saß aufrecht auf der Matratze und betrachtete mich.
Ich klappte das Buch zu.
»Wie lang guckst du mich schon an?«
»Eine Weile.«
»Und was ...«
Da hob auch Vic den Kopf. »Was soll das Gequatsche?«, brummte sie.
»Sorry«, sagte Sadiq.
Sie setzte sich auf. Ihr Blick fiel auf dieses Buch.
»Was ist das?«

»Nichts«, sagte ich viel zu schnell.
»Schreibst du Tagebuch?«, fragte sie.
»Na und?«
»Nichts und«, sagte sie. »Machen ja viele. Nur ... ich hoffe, du schreibst nichts über uns?«
»Wieso nicht?«
Stumme Blicke wanderten zwischen uns dreien hin und her.
»Nicht direkt«, murmelte ich. Aber ich sah ihnen an, dass sie mir nicht glaubten.
»Das darf niemals jemand finden«, sagte Sadiq beschwörend. »Wenn das in die falschen Hände fällt ...«
»Hier gibt's nur meine Hände«, sagte ich und warf das Buch unters Bett. »Und jetzt lasst mich schlafen.«
Ich hab das Licht ausgemacht und bin tatsächlich fast sofort eingepennt.
Immerhin für 2 Stunden, denn dann klingelte schon wieder der Wecker. Wir hatten ja leider Schule.

Wie schon bei unseren letzten Aktionen hatte ich auch heute Morgen irgendwie erwartet, dass uns jemand drauf anspricht oder alle einfach nur gucken, aber natürlich weiß ja niemand, was wir letzte Nacht getan haben.
Doch als wir in der Mittagspause zusammen rumhingen, klingelte Vics Handy.
»Meine Mutter«, sagte sie und ging dran.
Hörte eine Weile nur zu und sagte zwischendurch nur: »Krass.« Oder: »Wer kommt denn auf so eine Idee?« Und

schließlich: »Ja, hab ich verstanden ... Nein, mach ich nicht.«
Sie steckte das Handy wieder weg, sah uns an und sagte: »Wir werden fame.«
Kurz wurden meine Knie weich. »Hat uns jemand erkannt?«
»Nein, keine Sorge. Aber gerade ist ein Kamerateam vom Lokalfernsehen in der Zentrale und dreht einen Beitrag für die Abendsendung, sagt meine Mutter. Sie werden auch ein Standbild aus der Überwachungskamera zeigen, das ist mit der Polizei abgesprochen.« Vic grinste. »Meine Mutter hat uns jedenfalls nicht erkannt.«
»Und was meinte deine Mutter, was du nicht machen sollst?«, fragte Sadiq.
»Ich soll nicht mit Reportern reden«, brummte Vic. »Anscheinend ist nicht nur das Fernsehen da. Sie meinte, überall wären Journalisten. Das ärgert sie total. Schlechte Presse. Und sie hat Schiss, dass mich welche an der Schule abfangen könnten, damit ich auch ein Statement abgebe.«
»Und welches Statement geben deine Eltern ab?«, wollte ich wissen.
»Kein Kommentar«, antwortete Vic.
»Uns kannst du es doch sagen«, meinte Sadiq.
Vic lachte. »Das IST das Statement. Versteht ihr? Sie schämen sich. Eigentlich könnten sie doch sagen, dass wir das Opfer eines fiesen Anschlags geworden sind, und dass wir darauf vertrauen, dass die Polizei die Täter findet, blabla, was man halt immer sagt. Aber nichts. Und wisst ihr

warum?« Vic strahlte. »Weil sie ein schlechtes Gewissen haben.«
Ich verstehe, warum sie sich so freute. Ich finde es auch cool, absolut. Aber ich war zusammengezuckt, als sie »wir« sagte. Wir sind Opfer geworden. Wir vertrauen auf die Polizei.
Vic identifiziert sich mit der Firma. Oder zumindest mit ihren Eltern. Ihrer Familie.
Vermutlich lässt sich das alles gar nicht trennen. Wie auch? Vics Familie IST die Firma. Und trotzdem verübt Vic mit uns so einen Anschlag. Auf ihre eigene Firma. Ihre eigenen Eltern. Ich bin mir nicht sicher, ob ich das verstehe.
Also heute Mittag hab ich es eher nicht verstanden.
Aber jetzt verstehe ich es vielleicht doch ein bisschen, glaub ich.
Das liegt an meiner eigenen Mutter. An dem, was sie vorhin beim Fernsehen gesagt hat.
Sie kam von ihrer Fortbildung und ich hatte extra was gekocht für uns, sie hat sich voll gefreut. Und dann hat sie die ganze Zeit erzählt – was für Leute sie kennengelernt hat, und dass sie überlegt, ob sie sich demnächst doch mal um einen anderen Job bewirbt, solche Sachen, und hat sich natürlich voll gewundert, als ich den Fernseher angeschaltet hab, denn normalerweise guck ich nie Fernsehen, nur Netflix oder Sachen auf YouTube oder so. Und ich hab erst nach einem guten Grund gesucht, aber dann fiel mir ein, dass ich ja einfach die Wahrheit sagen kann, jedenfalls einen Teil davon.

Ich sagte: »Auf die Firma von Victorias Eltern hat es einen Anschlag gegeben.«
»Gott, wie schrecklich«, sagte meine Mutter. »Wer ist noch mal Victoria?«
»Vic – die Neue an der Schule«, antwortete ich. »Bei der ich neulich übernachtet hab.«
»Ach, klar, ich weiß. Aber … ein Anschlag? Ihr ist doch hoffentlich nichts passiert?«
»Nein, niemandem ist was passiert, da hat bloß jemand Farbbeutel geworfen oder so.« Ich machte ein möglichst unbekümmertes Gesicht. »Vic hat erzählt, dass heute ein Fernsehteam bei denen war. Das wollte ich mir angucken.«
»Das klingt ja spannend«, sagte meine Mutter, stand vom Tisch auf und kam zu mir rüber aufs Sofa.
In der Abendsendung »Hallo zu Hause« (was für ein unglaublich bescheuerter Name!) wurde gerade die Oberbürgermeisterin unserer Stadt interviewt, es ging um zu wenig Kitas oder so. Dann kam eine Moderatorin mit sehr ernster Miene ins Bild und fragte rhetorisch in die Kamera: »Wie weit darf Klima-Aktivismus gehen? Unbekannte haben in der Nacht die Firmenzentrale des Mode-Discounters CheepTex beschmiert. Verantwortlich ist anscheinend eine Gruppe, die sich selbst TOO HOT nennt und zuvor bereits mit rätselhaften Botschaften in T-Shirts der Firma in Erscheinung getreten ist.«
»Den Eltern deiner Freundin gehört CheepTex?«, fragte meine Mutter erstaunt.

Ich nickte.
Auf dem Bildschirm tauchte unser Kunstwerk auf. Die trichterförmige Fassade des Gebäudes leuchtete in allen Farben des Regenbogens. Eine Stimme aus dem Off sagte: »Gegen halb drei in der Nacht starteten mindestens drei Personen eine Farbbeutelattacke auf das Gebäude.« Jetzt tauchte ein Standbild auf, ich zuckte zusammen. Das Bild war schwarz-weiß und unscharf, aber ich erkannte uns drei trotzdem ganz deutlich! Ich strengte mich an, an was ganz anderes zu denken, damit ich nicht wieder knallrot wurde.
»Die Staatsanwaltschaft hat Ermittlungen aufgenommen«, sagte die Stimme.
Ich warf meiner Mutter einen Seitenblick zu. Sie tippte was auf ihrem Handy. Es war also total egal, ob ich rot wurde oder nicht, sie sah weder mich noch den Fernseher an, sondern schrieb sicher mit den tollen Leuten von ihrer Fortbildung.
Die Stimme sagte noch was von wegen Hinweise aus der Bevölkerung und so weiter, dann wurde das Bild wieder farbig und zeigte unsere Signatur, das fettbunte, große TOO HOT auf den Steinplatten vor dem Eingang. Die Stimme sagte: »Die unbekannten Aktivisten werfen CheepTex eine klimaschädliche Produktionsweise und die Ausbeutung von Arbeiterinnen in Entwicklungsländern vor. Die Geschäftsleitung des Textilherstellers war für eine Stellungnahme nicht zu erreichen. In einer schriftlichen Mitteilung hieß es, man wolle sich nicht zu

den Vorkommnissen äußern, um den Tätern keine unnötige Aufmerksamkeit zu verschaffen.«
Aufmerksamkeit.
»Krass, oder?«, sagte ich.
»Hm?«, machte meine Mutter. »Ja, echt. Deine arme Freundin. Ich kann mir vorstellen, dass das einen ganz schön ängstigt.«
»Na ja, aber irgendwie verdienen die das auch«, sagte ich. »Also nicht Vic, aber diese Firma.«
Meine Mutter legte das Handy weg und sah mich an. Dann seufzte sie. »Ja, eigentlich hast du recht. Und eigentlich sollte man nichts von solchen Herstellern kaufen … Aber die Welt ist eben kompliziert. Und durch Aktionen wie diese da erreicht man doch auch nichts.« Sie zeigte auf den Bildschirm, wo noch mal die ganze verzierte Fassade in Großaufnahme gezeigt wurde.
»Wie meinst du das?«
»Ich meine so Sachen wie sich irgendwo festkleben oder Flughäfen und Autobahnen blockieren – das führt doch nur dazu, dass die Leute sich noch mehr gegen Klimaschutz wehren als eh schon. Es verspielt die Sympathien für das Klimathema.«
»Welche Sympathien denn?«
Sie sah mich erschrocken an, und ich merkte, dass ich etwas zu laut geworden war, ich hatte fast geschimpft.
»Wie soll sich denn überhaupt was ändern, wenn niemand was unternimmt?«, setzte ich nach.

»Ich verstehe, dass einen das als junger Mensch aufregt«, sagte sie sanft und strich mir durchs Gesicht. »Aber selbst wenn diese Firma CheepTex von heute auf morgen dichtmachen würde – wem wäre denn geholfen? Dann gibt es ein bisschen weniger Umweltverschmutzung, okay. Aber die Eltern deiner Freundin wären arbeitslos und sicher Hunderte anderer Menschen auch und die Frauen in den Entwicklungsländern erst recht, die kriegen dadurch doch keinen besseren Job, im Gegenteil.«
»Lieber arbeitslos als vor Hitze umkommen und verdursten«, erwiderte ich kühl.
»Das sagt sich leicht, wenn man noch bei der eigenen Mutter wohnt«, gab sie zurück, »und nicht sein eigenes Geld für Miete und Essen und Klamotten und Urlaub verdienen muss.«
Da schlug ich ihre Hand weg, sprang auf und rief: »Ich kann gerne sofort ausziehen, wenn du willst!«
»Hey, komm mal runter. So hab ich das doch nicht gemeint.«
»Ich weiß«, rief ich. »Das ist es ja. Ihr Erwachsenen meint nie irgendwas wirklich ernst. Alles ist immer nur relativ. Alles ist immer kompliziert. Alles nur Kompromisse! Niemand von euch steht wirklich mal zu 100% zu irgendwas. Anders als diese Leute da.« Ich wollte wieder auf den Fernseher zeigen, aber da saß jetzt eine Frau im Fernsehstudio und hatte eine Katze auf dem Schoß. »Tiere suchen ein Zuhause«, stand da. Von wegen!
Ohne noch was zu sagen, dampfte ich ab in mein Zimmer und knallte die Tür zu.

Ich weiß gar nicht, was mich mehr ärgert: Dass meine Mutter nicht schnallt, wie krass ernst es um unser Klima steht. Oder dass sie nicht den allerkleinsten Verdacht schöpft – ich meine: Sie war über Nacht fort, und ausgerechnet da passiert so ein Anschlag, und ich kenne sogar die Tochter der Leute, um die es geht, aber meiner Mutter kommt nicht die leiseste Idee, dass ich was damit zu tun haben könnte.
Fast wünschte ich mir in diesem Augenblick, dass man uns auf den Bildern der Überwachungskamera erkennt.
Aber das wird nicht passieren. Ich hab mir die Bilder vorhin noch mal angeschaut – es gibt sie auf der Website des Lokalsenders, jemand hat den Beitrag inzwischen auch schon auf YouTube geteilt. Wir sind einfach nur drei vermummte, unförmige Figuren in schwarzen Klamotten.
Fast schade.

Verstehst du Paulines Wut? Würdest auch du der Generation deiner Eltern die Schuld am Klimawandel geben – oder zumindest die Schuld dafür, dass bislang viel zu wenig gegen den Klimawandel unternommen worden ist? Einerseits hat das Problem ja schon vor zweihundert Jahren begonnen, mit der Industrialisierung und dem massenhaften Verbrennen von Kohle in den Fabriken der westlichen Welt. Aber hast du andererseits gewusst, dass der Ausstoß an CO_2 in die Atmosphäre während der letzten 30 Jahre höher war als in der gesamten Menschheitsgeschichte zuvor? Also ab einem Zeitpunkt, wo den Menschen durchaus schon klar war, dass es den Klimawandel gibt?

31. Oktober (Mo.)

Heute ist Halloween. Vorhin haben schon Kinder bei uns geklingelt. Süßes oder Saures. Meine Mutter hatte extra Schokolade gekauft. Bio-Schokolade, fair gehandelt. Hat sie mir gleich zweimal erklärt. Ich glaub, sie wollte damit zeigen, dass sie meine Sorge um das Klima ernst nimmt. Und ja, ich freu mich. Auch wenn so was nur ein Tropfen auf den heißen Stein ist – jeder kleine Schritt verändert was.
Neulich war ich in einem Buchladen, da fiel mir eine Postkarte auf, darauf stand:

»Viele kleine Leute,
die an vielen kleinen Orten viele kleine Dinge tun,
können das Gesicht der Welt verändern.«

TOO HOT hat auch einiges verändert.
Ich bin mir noch nicht sicher, ob ich das alles gut finde. Vielleicht ist das der Grund, weshalb ich ein paar Tage lang nicht in dieses Tagebuch geschrieben habe. (Oder, kann auch sein, dass ich ein bisschen gehemmt bin, wegen dem, was Sadiq in der Nacht zu mir gesagt hat: »Wenn das in die falschen Hände fällt …«)
Also versuche ich mal, die Ereignisse von letzter Woche in der richtigen Reihenfolge zu ordnen:

Als Erstes war dieser Hack. Ich glaube, Donnerstag. In der Mittagspause trafen wir drei uns wieder in der Mensa (inzwischen ist es fast eine Art Stammtisch, und Aischa hat mir schon ein paarmal blöde Sprüche deswegen reingedrückt, ich fürchte, sie ist ein bisschen eifersüchtig).
Vic war wütend, das sah ich schon von Weitem.
Und als wir uns zusammensetzten, zischte sie: »Wer von euch beiden war das?«
»Was?«, fragten Sadiq und ich.
»Der Onlineshop.«
»Hä?« Ich hatte null Ahnung, um was es ging, und auch Sadiq guckte nur völlig verwirrt.
Wie sich rausstellte, hatte jemand den Onlineshop von CheepTex gehackt. Wenn man die Website aufrief, wurden nicht die neuesten »Super Cheep Deals« angepriesen, sondern da kam nur, über die gesamte Seite, ein Foto von einem brennenden Wald. Und darüber, in die dicken schwarzen Rauchwolken gesetzt, zwei fett geschriebene Worte: TOO HOT.
Wir sagten 100-mal zueinander, dass wir damit nichts zu tun hatten. Klar, ich meine: 1.) wieso sollte eine*r von uns plötzlich einen Alleingang starten, wo wir doch bis jetzt alles zusammen gemacht hatten?
Und 2.) kennt sich keine*r von uns drei mit Programmieren und Hacken aus.
Es waren Trittbrettfahrer*innen.
Leute, die unsere Idee gekapert haben.

Genauso, wie wir es unsererseits mit der Idee der Tyre Extinguishers gemacht hatten.
Und dann hat Sadiq am Donnerstag das Video entdeckt. In München hatten sich zwei junge Frauen dabei gefilmt, wie sie ganz viele Klamotten von CheepTex anprobieren, alles zur Kasse bringen, einen riesigen Stapel, und dann laut sagen: »Daran klebt ja Blut. Das wollen wir nicht. Schöne Grüße von TOO HOT.«
Und als wir dann mal auf Twitter und Insta usw. gezielt nach dem Hashtag #toohotclimateaction suchten, fanden wir Fotos und Storys zu unseren eigenen Aktionen, die irgendwelche Leute irgendwo gesehen und geteilt hatten und jede Menge weitere Bilder – Graffiti an Eingangstüren von Klamottenläden oder auf LKWs, zerschnittene T-Shirts, solche Sachen. Ein Bild aus Leipzig zeigte eine Brücke, auf die jemand breit gesprayt hatte: TOO HOT, TOO LATE? Climate Action now!

Es fühlte sich erst doof an. Aber dann ziemlich cool. Weil – oh shit, wir haben so was wie eine Bewegung angestoßen! Wobei es gar nicht zwangsläufig alles direkt auf uns zurückgehen muss. Kann gut sein, dass auch andere Leute auf denselben Slogan kommen. Aber egal, es geht ja schließlich nicht um uns, sondern um die Sache.
Finde ich jedenfalls. Und Sadiq sieht das auch so.
Bei Vic bin ich mir nicht so sicher. Sie kommt mir vor, als wäre sie empört, dass es weite Kreise zieht.

»TOO HOT ist unser Ding«, hat sie heute Morgen in der Schule gesagt. »Deshalb müssen wir noch was drauflegen.«
»Was stellst du dir vor?«, hab ich gefragt.
Und sie so: »Ihr erinnert euch an das Lagerhaus, wo wir uns vor dem Wachmann verstecken wollten?«
Bescheuerte Frage, natürlich erinnerten wir uns.
Ich so: »Und?«
Sie so: »Wir heißen TOO HOT. Weil wir auf die Erderwärmung hinweisen wollen …«
Ich so: »Mach es nicht so spannend. Worauf willst du hinaus?«
Sie so: »Lasst uns die Halle abfackeln.«

Du beginnst zu ahnen, warum Pauline plötzlich Panik bekam und dachte, sie müsste dieses Tagebuch unbedingt loswerden. Hier ist, blaue Tinte auf weißem Papier, von einem Brandanschlag die Rede.

Das Buch ist ihr anscheinend im wahrsten Sinne des Wortes zu heiß geworden. Too hot.

Der Eintrag ist vier Tage alt. Vom 31. Oktober, heute ist der 4. November. Du hättest es wohl mitbekommen, wenn es diese Woche in deiner Stadt einen Brandanschlag von Klimaaktivisten gegeben hätte.

Entweder die drei haben sich dagegen entschieden. Oder der Anschlag steht noch bevor …

Deine Finger kribbeln leicht, als du zum nächsten Eintrag weiterblätterst.

2. November (Mi.)

Natürlich werden wir dieses Gebäude nicht anzünden.
Ich vergesse nicht, wie Vics Augen gefunkelt haben, als sie das vorschlug.
Aber das wäre so was von Bullshit.
Wirklich nur noch blanke Aktion ohne irgendeinen Inhalt, ohne Message.
Wir haben noch mal intensiv diskutiert und uns schließlich geeinigt. Der Plan: Wir verbrennen symbolisch ein paar T-Shirts von CheepTex. Wir filmen das und bringen das Video zusammen mit einer Botschaft in Umlauf. So was in der Art wie:
»Spüren Sie die Hitze? Fast Fashion verbrennt Menschen. Und den Planeten.«
Oder so. Muss ich mir noch in Ruhe überlegen. (Ich hab nämlich wieder den Job übernommen, mir einen Text auszudenken. Möglichst kurz und prägnant, dass wir ihn in dem Video einblenden können, für TikToks, Insta-Reels usw.)
Als Ort, also wo wir das Video machen, hat Vic auf der Lagerhalle bestanden. Liebt sie den Kitzel der Gefahr, oder was? Immerhin war da dieser Wachmann …
Aber wenn ich ehrlich bin, spür ich es selber auch.
Den Kitzel.
Die Gefahr.

Was soll uns schlimmstenfalls passieren?
Natürlich würden wir mächtig Ärger kriegen. Aber niemand wird uns deswegen nach Bangladesch bringen und in einer Textilfabrik einsperren. Unser Haus wird nicht von Wassermassen weggerissen werden (jedenfalls nicht in diesem Jahrzehnt, hoffe ich mal), und wir werden nicht verhungern, weil die Ernte auf den Feldern verdorrt.
Verglichen mit den Menschen in anderen Erdteilen, die wirklich unter der Ausbeutung und dem Klimawandel leiden, ist das, was uns passieren könnte, alles Pillepalle.
Wir haben es doch hier gemütlich, während ihnen die Lebensgrundlagen wegbrennen.
Da ist es nur konsequent, wenn wir es uns selber ein bisschen ungemütlich machen.
Allerdings fürchte ich, dass Vic noch ganz andere Arten von Ungemütlichkeit vorschweben. Und ich hab ehrlich gesagt ein klein wenig Schiss, dass sie am Ende doch noch die ganze Halle anzünden will. Da werd ich aber nicht mitmachen. Und ich geh davon aus, dass Sadiq dann auf meiner Seite steht und nicht auf ihrer.
Na, vielleicht ist das auch nur ein doofer Gedanke von mir, vielleicht hat Vic das mit dem Abfackeln ja von Anfang an gar nicht ernst gemeint …

4. November (Fr.)

Shit.

Shit, shit, shit.

Shit, shit, shit, shit.

Ich hatte mir vorgenommen, dieses Buch nicht noch mal mit in die Schule zu nehmen. Hab es heute aber doch getan. Grund: Ich darf es auf keinen Fall mehr aus den Augen lassen! Darum sitze ich jetzt hier auf dem Klo und schreibe noch einmal rein. Vielleicht zum letzten Mal.

Ich muss was unternehmen. Am besten verbrenne ich es morgen zusammen mit dem T-Shirt in der Lagerhalle.

Aber eigentlich will ich das nicht. Wenn ich mir meine ganzen Einträge anschaue, all das – meine ganze Geschichte. Mein ganzes Leben.

Leben?

Na ja, doch, irgendwie schon. Kommt mir so vor. Seit wir mit TOO HOT angefangen haben, fühle ich mich so lebendig wie nie zuvor.

Nein, ich will das nicht verbrennen. Ich werde es vergraben. Gleich heute Nachmittag. In einer Plastikdose, sodass es für lange Zeit unbeschadet im Boden liegt. Vielleicht hole ich es eines Tages wieder raus. Oder jemand anders findet es.

Du.

Wer immer du wärst.

Du würdest es finden und meine Geschichte lesen.
Und dir dein eigenes Urteil bilden.
Aber du würdest natürlich wissen wollen, warum ich das Buch jetzt unbedingt loswerden muss.
Es war nämlich so, dass gestern zwei Polizistinnen bei uns geklingelt haben.
Ob meine Eltern da wären.
Meine Mutter war noch arbeiten. (Mein Vater ist ja eh nicht da.)
Das wäre eine »Gefährderansprache«, haben sie gesagt.
Ob ich mich in letzter Zeit intensiv mit dem Klimawandel beschäftigen würde, haben sie gefragt. Ich war mir erst absolut sicher, dass es um das Farbbeutelattentat geht. Dazu haben sie aber gar nichts gesagt. Nur, dass Sachbeschädigung kein Kavaliersdelikt wäre, und dass sie mir helfen wollten. Und ob ich mal vertraulich mit jemandem sprechen will, es gäbe da eine Psychologin, der ich mich anvertrauen könnte. Ich hab mich so dumm wie möglich gestellt. Das war gar nicht schwer, denn ich war so dermaßen schockiert (bin ich immer noch!), dass ich keinen vernünftigen Satz rausgekriegt hab.
Dann fragte eine der beiden: »Schreiben Sie eigentlich Tagebuch?«
Da hab ich gedacht, dass sie jetzt reinkommen und unter meinem Bett nachgucken würden. (Ich weiß, dass die das gar nicht dürfen, dazu brauchen sie einen Durchsuchungsbefehl vom Gericht – aber daran hab ich in

dem Augenblick nicht gedacht). Ich hab nur gesagt: »Ja … warum?«

»Nur so«, meinte die eine dann.

Und die andere so: »Sie sollen einfach wissen, dass wir Sie auf dem Schirm haben.«

Und die erste so: »Sie haben überhaupt nichts zu befürchten. Falls Sie Kenntnis von irgendwelchen Straftaten im Kontext von Klimaaktivismus haben, können Sie sich jederzeit an uns wenden.«

Und die andere dann noch so: »Wir schicken Ihnen am Montag ein Protokoll über unser Gespräch. Das geht natürlich auch an Ihre Erziehungsberechtigten.«

Dann haben sie mir ein schönes, RUHIGES Wochenende gewünscht.

Und sind gegangen.

Shit.

Und ich hab Vic und Sadiq bis jetzt noch nichts erzählt.

Muss ich aber noch machen.

Gleich, in der Mittagspause.

Ich muss es ihnen sagen, bevor wir morgen wieder in die Lagerhalle gehen.

WENN wir das überhaupt noch machen.

Woher zur Hölle weiß die Polizei von diesem Tagebuch?

Niemand außer Vic und Sadiq hat das je mitgekriegt.

Okay, ich hatte es einmal in der Bibliothek dabei gehabt …

Muss jetzt Schluss machen.

Du blätterst um.

Da ist nur noch ein allerletzter Eintrag.

Na ja, kein richtiger Eintrag. Es ist bloß die Handynummer, die Pauline offenbar in der Straßenbahn gekritzelt hat. Kurz bevor sie dir das Buch zugesteckt hat und aus der Bahn geflüchtet ist.

Ergibt das irgendeinen Sinn?

Okay, Pauline fühlte sich seit gestern von der Polizei verfolgt. Aber da war ja keine Polizei in der Bahn, einfach nur Kontrolleure, und die wollen einfach nur Fahrkarten sehen, sie durchsuchen keine Taschen. Jedenfalls bist du dir ziemlich sicher, dass das so ist. Das dürften die überhaupt nicht, selbst wenn sie wüssten, wonach sie suchen müssen. Und das wäre ja noch absurder, dass diese Kontrolleure auf der Suche nach dem Tagebuch waren. Anscheinend ist Pauline einfach in Panik geraten. Hat sich umgeschaut. Und hat von allen Menschen in dieser Straßenbahn ausgerechnet dich ausgesucht, um ihr geheimes Tagebuch in Sicherheit zu bringen. Ha, du könntest dich geehrt fühlen.

Toll.

Oder du könntest dich ausgenutzt fühlen. In eine Sache reingezogen, die dich überhaupt nichts angeht.

Und jetzt?

Erst mal durchatmen. Die Lektüre hat dich ein bisschen mitgenommen. Nicht nur, weil hier vor dir auf dem

Kopfkissen von deinem Bett ein vollständiges Geständnis liegt, für das sich ganz bestimmt die Polizei sehr interessieren würde. Sondern auch, weil du beim Lesen quasi Paulines inneren Weg mitgelaufen bist: von einem harmlosen Schulreferat über (auch noch eher harmloses?) Luft-aus-Autoreifen-Lassen und (eher nicht mehr harmloses) Autoreifen-Aufschlitzen, über die versteckten Botschaften in den T-Shirts und den Farbbeutelanschlag auf die Firmenzentrale bis zur Diskussion um eine richtige echte Brandstiftung. Du bist tief in die Gedanken- und Gefühlswelt einer völlig fremden Person eingestiegen.

Wie ist das für dich? Ein bisschen kommt es dir wie Voyeurismus vor, als hättest du mit dem Fernglas heimlich in die Wohnung anderer Leute spioniert. Aber es hat auch was Überfallartiges, denn du hast dir das ja nicht ausgesucht. Pauline hat dir das Tagebuch zugesteckt, und du musstest es einfach lesen – schon allein, damit du überhaupt einschätzen kannst, um was es geht, und was du jetzt tust.

Du schaust auf die Uhr. Es ist kurz nach elf. Heute geht nicht mehr viel. Wobei – Pauline ist sicherlich wach. Vermutlich wartet sie sogar seit Stunden auf deinen Anruf.

Du schaust wieder auf die Handynummer, dein Zeigefinger fährt an den Ziffern entlang.

Ein bisschen Wut kommt in dir auf. Pauline zwingt dich, eine Entscheidung zu treffen. Ob du willst oder nicht. Sie hat dich in die Sache mit TOO HOT hineingezogen, das wird dir klar.

Du hängst jetzt irgendwie mit drin, ob du willst oder nicht.

Du kannst nicht *nicht* entscheiden.

Du kannst nicht *nicht* beeinflussen.

Klar, du könntest jetzt einfach nichts tun.

Aber selbst wenn du nichts tust, wäre das eine Entscheidung, die du triffst, und die auf den weiteren Verlauf der Dinge einwirkt.

Du setzt dich auf, schaust grübelnd an die Decke und versuchst, deine Optionen zu sortieren. Als würde sich dort unter deiner Zimmerdecke ein Menü öffnen, wo du anklicken kannst.

Du kannst das Buch zur Polizei bringen.

Du kannst es auch ganz einfach vernichten und die Sache vergessen.

Du kannst Pauline anrufen. Und danach immer noch entscheiden, was du machst. Du könntest ja schließlich mit ihr reden und trotzdem hinterher zur Polizei gehen. Oder – nee, hm. Wenn du erst mal mit ihr gesprochen hast, wird das sicher schwieriger werden ...

▶ Okay – was ist dein Plan?

Ab hier kannst du nicht mehr einfach der Reihe nach weiterlesen. Sonst würde die Geschichte komplett durcheinandergeraten. Denn von jetzt an musst du selbst entscheiden. Um zu sehen, welche Folgen deine verschiedenen Entscheidungen haben, blätterst du zum jeweils angegebenen Abschnitt weiter.

Wenn du also nun zu der Entscheidung kommst, dass du morgen früh zur Polizei gehen und das Tagebuch dort abgeben willst, dann lies weiter bei ▶ 11, Seite 186.

Wenn du dieses Tagebuch einfach aus der Welt schaffen möchtest – oder zumindest aus deinem Leben, dann blättre zu ▶ 21, Seite 220.

Wenn du es drauf ankommen lassen möchtest und erst mal die Handynummer wählst, gehe weiter zu ▶ 32, Seite 244.

▶ 1

»Ein bisschen fühlt es sich für mich auch so an«, gestehst du. »Und ich fänd es wirklich ziemlich spannend, euch zu treffen. Nachdem ich so viel von dir und Victoria und Sadiq gelesen habe. TOO HOT ist ja schon fast eine kleine Legende. Obwohl es euch erst seit ganz kurzer Zeit gibt, seid ihr richtig fame. Also nicht ihr persönlich, aber TOO HOT.«

»Na ja, fame«, wiederholt Pauline. »Aber am besten machst du dir selbst ein Bild von uns. Wir treffen uns morgen Nachmittag gegen fünf. In der besagten Lagerhalle, die du aus meinen Aufzeichnungen kennst. Vorschlag – ich schreibe gleich mal Vic und Sadiq, ob sie was dagegen haben. Und wenn sie einverstanden sind, schicke ich dir die Adresse von der Halle, okay?«

»Okay«, sagst du.

»Dann melde ich mich später«, sagt Pauline. »Bis dann. Ach – und vielen, vielen Dank, dass du mich angerufen hast.«

»Na klar«, sagst du bloß. »Bis dann.«

Du legst das Handy fort und schaust auf das Tagebuch, das immer noch auf deinem Kopfkissen liegt. Anscheinend bist du auf bestem Wege, ein Mitglied von TOO HOT zu werden. Teil einer aktivistischen Bewegung, einer »verwöhnten und undankbaren« Jugend (laut Jörg aus dem Internet), eines »neuen Öko-Terrorismus«.

Der Gedanke hat was.

Du blätterst noch einmal versonnen durch Paulines Tagebuch, klappst es zu und schiebst es unter dein Bett, genau wie Pauline es bei sich zu Hause getan hat. Dann gehst du Zähne putzen. Und als du aus dem Bad zurück in dein Zimmer kommst, findest du zwei neue Nachrichten auf deinem Handy.

Pauline schreibt: »Vic und Sadiq sind einverstanden. Freu mich drauf, dich kennenzulernen.«

Die zweite Nachricht ist ein auf einer Karte markierter Standort. Dazu der Satz: »Komm hintenrum!«

Die leer stehende Lagerhalle von CheepTex.

Morgen, 17 Uhr.

Lies weiter bei ▶ 12, Seite 189!

▶ 2

»Da stimmt was nicht«, sagt Pauline und klettert wieder zu euch herein. Vermutlich meint sie aber gar nicht dich und sich und Sadiq und das Tagebuch. »Wir haben doch Vics Feuerzeug sichergestellt. Warum zur Hölle hat sie uns dann hier eingeschlossen? Beziehungsweise ausgeschlossen? Das ergibt doch gar keinen Sinn, weil sie ihren Plan eh nicht mehr durchführen kann.«

»Es sei denn ...«, beginnt Sadiq.

»... sie hat ein zweites Feuerzeug«, vollendest du den Satz.

»Shit!«, ruft Pauline. »So muss es sein. Sie läuft zur Tür und bollert wieder dagegen. »Vic! Mensch, Vic, komm her! Wir müssen reden!«

»Wenn sie wirklich entschlossen ist, Feuer zu legen, werden wir sie mit Reden auch nicht davon abhalten können«, meinst du. Zwar hast du sie erst vor wenigen Minuten zum ersten Mal persönlich getroffen, aber aus Paulines Tagebuch hast du ein sehr lebendiges Bild von Vic.

»Das stimmt.« Sadiq nickt. »Und deswegen sollten wir

uns mal langsam von hier verziehen. Wenn sie die Halle anzündet, wird das Feuer sicher nicht vor diesen Büros haltmachen.«

Pauline lässt von der Tür ab und dreht sich zu euch um. »Aber wir können doch nicht nichts machen«, protestiert sie. »Wir müssen Vic irgendwie aufhalten. Wir müssen sie vor sich selbst schützen. Ich will nicht, dass sie wegen so was in den Knast kommt oder weiß der Geier. Und ... wir müssen TOO HOT schützen! Denn wenn Vic das durchzieht, dann ist TOO HOT für alle Leute da draußen eine gefährliche Terror-Bande. Das rückt den ganzen Kampf gegen den Klimawandel in schlechtes Licht.«

»TOO HOT ist mir im Moment egal«, meint Sadiq. »Ich finde, wir sollten abhauen. Und von unterwegs die Feuerwehr rufen. Am besten von einer Telefonzelle aus, damit niemand unsere Handynummern zurückverfolgen kann.« Er macht einen Schritt auf Pauline zu und fasst ihre Hand. »TOO HOT ist Geschichte. Wir sind eben doch nicht die Freaks, die Vic sich erhofft hat. Das hier geht viel zu weit. Wenn sie das durchziehen will, muss sie es tun. Aber wir sind raus.«

Pauline schluckt. Dann schaut sie zu dir. »Was sagst du dazu?«

»Weiß nicht«, wehrst du ab. »Es geht um eure Freundin. Und um eure Gruppe, um TOO HOT. Ich hab da eigentlich gar nichts zu melden.«

»Oder gerade deswegen doch«, erwidert Sadiq und

lässt das Handy sinken. »Wir beiden können gar nicht objektiv sein, weil – du hast ja recht, es ist unsere Freundin und unsere Gruppe. Du hast da mehr Abstand. Sag uns, was du für richtig hältst!«

Puh – jetzt sollst du also eine Entscheidung treffen? Na ja, nicht ganz, jede Person entscheidet immer noch für sich selbst. Aber sie wollen deine Meinung hören.

Was denkst du? Solltet ihr tatsächlich alles unternehmen, was ihr könnt, um Vic aufzuhalten (▶ 43, Seite 273)? Oder findest du es klüger, das Gebäude zu verlassen und die Feuerwehr zu alarmieren (▶ 5, Seite 161)?

▶ 3

Du hast dich entschieden. Als Vic und Pauline gleichzeitig auf das Feuerzeug zuschießen, machst du bloß einen Schritt, aber statt dich zu bücken, kickst du das Teil mit dem Fuß in Vics Richtung. Sie greift blitzschnell zu und steckt es ein.

»Gut gemacht«, ruft sie. »Komm mit!«

Pauline starrt dich fassungslos an, sie klappt den Mund auf, aber es kommt kein Wort heraus.

Vic zieht dich am Ärmel. »Los, komm!«

Sie stürmt den Gang entlang, ins Dunkel der Halle hinein, und du rennst hinterher, denn du weißt nicht, was du sonst tun solltest. Ihr erreicht das Ende der Halle – oder den Anfang, je nachdem, denn jetzt erkennst du schemenhaft die Innenseite des großen Rolltores, das du von der Straße aus gesehen hast. Links von euch führt eine Eisentreppe nach oben. Vic ist schon auf den ersten Stufen, und ihre Tritte hallen metallisch durch den riesigen dunklen Raum. Du folgst ihr, bis ihr eine Art Empore erreicht. Du bleibst kurz am Geländer stehen und schaust in die weite Halle hinab, dein Blick verliert sich zwischen den hochhausgroßen Regalreihen. Entfernt hörst du Pauline und Sadiq miteinander diskutieren, du verstehst keine einzelnen Worte, aber sie scheinen echt heftig zu streiten, dann poltern ihre Schritte durch den Gang, sie nähern sich. Mattes Licht flackert unruhig zwischen den Regalen hindurch, sie haben offenbar die Laterne mitgenommen.

Du erschrickst, als Vic dich an der Schulter berührt. »Hier rein«, flüstert sie.

Du drehst dich um und siehst, dass von dieser Empore drei Türen abgehen. Vic öffnet die rechte Tür und du folgst ihr in ein kleines Büro. Du konntest einen Blick auf das Türschild erhaschen, da steht: *Frau Mettenschlick, Vorzimmer Herr Somaz.*

Und es sieht auch so aus, wie du dir ein Vorzimmer vorstellst: Schreibtisch mit Telefon, Aktenschränke, alles mit durchsichtiger Folie abgedeckt, so als würden die Leute, die hier mal gearbeitet haben, vielleicht eines Tages zurückkehren. Außer der Tür, durch die ihr hereingekommen seid, gibt es zwei weitere Türen, eine nach rechts, da steht: *Herr Somaz, Leitung.* Gegenüber auf der Tür prangt das Schild: *Frau Bach, Buchhaltung.* Das alles erkennst du im Lichtschein von Vics Handylampe. Vic deutet mit dem Lichtkegel auf einen Kasten an der Wand und zischt: »Ich brauche den Büroschlüssel, der muss da drin sein.«

Sie selbst zieht die Tür, die nach draußen zur Empore führt, bis auf einen schmalen Spalt zu und späht hinaus.

Schon sind die Schritte von Sadiq und Pauline auf der Metalltreppe zu hören.

»Beeil dich!«, zischt Vic.

Du öffnest den Kasten, holst dein eigenes Handy raus und leuchtest hinein. Drei Reihen von kleinen Haken, aber nur an zwei davon hängen Schlüssel. Sie tragen jeweils eine Nummer: 23 und 17.

»Welcher ist es?«, fragst du und greifst auf gut Glück den Schlüssel mit der Nummer 17. Bei näherem Hinsehen sieht er eher wie ein Autoschlüssel aus. »Dieser?«

»Nein, der ist für den Gabelstapler. Nimm den anderen, und dann raus hier.«

Du hängst die 17 zurück auf ihren Haken und nimmst die 23 heraus, während Vic sich von der Eingangstür löst und stattdessen die Tür *Frau Bach, Buchhaltung* öffnet. Du willst ihr hindurchfolgen, als du über etwas stolperst. Holz klackert, und kurz denkst du, deine Beine hätten sich in einem Seil verheddert. Du leuchtest mit deinem Handylicht auf den Boden und erkennst eine zusammengerollte Strickleiter.

Du kapierst gar nichts. »Wie kommt die denn hierhin, was soll das ...?«

»Erklär ich dir später«, sagt Vic gehetzt, »komm.« Du schlüpfst durch die Tür ins nächste Büro. Auch hier Schreibtisch, Telefon, Aktenschränke, alles unter Folie. Vic schließt die Tür zum Vorzimmer, nimmt dir den Schlüssel aus der Hand, steckt ihn ins Schloss und dreht ihn herum. Zu eurer Linken gibt es eine weitere Tür, die, wenn du dich richtig orientiert hast, wieder hinaus auf die Empore führen muss. Vic legt ein Ohr an die Tür und horcht.

Draußen hörst du Pauline. Sie ruft eure Namen, deinen und Vics.

Und Sadiq sagt laut: »Kommt raus, Leute, das ist nicht mehr witzig!«

Dann betreten sie anscheinend das Vorzimmer, du erkennst es, weil ihre Stimmen jetzt durch die Verbindungstür dringen. Jemand drückt die Klinke herunter, aber Vic hat ja abgeschlossen. Und jetzt flitzt sie durch die andere Tür hinaus auf die Empore. Sie ist so schnell, dass du erst kaum mitkriegst, was sie tut. Dann siehst du aber, dass sie nun das Vorzimmer von außen abschließt.

Pauline und Sadiq sitzen in der Falle!

Da begreifst du plötzlich. »Die Strickleiter«, flüsterst du. »Hast du die da deponiert, damit die zwei nach draußen abhauen können?«

»Ja, natürlich«, flüstert Vic zurück. »Ich will doch nicht, dass sie in Gefahr geraten. Deshalb die Idee mit der Leiter. So können sie sich in Sicherheit bringen, aber sie können uns hier drin nicht mehr in die Quere kommen.«

In diesem Moment bollert es von innen gegen die Tür.

»Vic? Was soll die Scheiße.« Sadiq. »Lass uns hier sofort raus, Vic!«

Du schaust Vic fragend an, aber sie will sich damit

nicht aufhalten. »Wir müssen noch was erledigen«, sagt sie und nickt zur Treppe.

Also folgst du ihr wieder nach unten, während oben weiter gegen die Tür gebollert wird. Eure schnellen Tritte auf der Eisentreppe übertönen die Rufe von Sadiq und Pauline. Ihr kommt unten an und umrundet die Treppe. Auf der Rückseite, direkt unter der Empore, sind anscheinend weitere Räume. Zwei Türen führen laut der kleinen Piktogramme zu den Toiletten, die dritte Tür trägt kein Zeichen. Vic öffnet sie und ihr betretet einen geräumigen Abstellraum voller Krempel. Im Handylicht erkennst du Putzzeug, einen Stapel aus vier dicken Wolldecken in einem ansonsten leeren Metallregal, einen Berg aus Plastikkisten und anderes Zeug. An einer freien Wand siehst du eine Halterung, und daneben das Piktogramm eines Feuerlöschers. Bloß ist da kein Feuerlöscher, die Halterung ist leer. Vic scheint in ihren Vorbereitungen sehr gründlich vorgegangen zu sein.

Du drehst dich zu ihr um und siehst, wie sie gerade an der anderen Wand einen Sicherungskasten öffnet. Unwillkürlich fragst du dich, ob es hier eigentlich keine Alarmanlage gibt. Aber vermutlich hat Vic sich auch darum schon im Vorhinein gekümmert. Umso rätselhafter erscheint dir, was sie nun tut.

»Was wird das?«

Du gehst zu ihr hinüber, und ein ätzender Gestank steigt in deine Nase, während Vic die Flamme ihres Sturmfeuerzeugs auf die höchste Stufe gestellt hat und den Hauptschalter der Stromversorgung ankokelt. Der schwarze Kippschalter beginnt zu schmelzen und verwandelt sich in einen glühenden, zähflüssigen Plastikklumpen.

»Damit am Ende niemand auf die Idee kommt, das Rolltor zu öffnen«, erklärt sie, »egal ob von drinnen oder draußen.«

Sie dreht sich zu dir um, und du siehst das Funkeln in ihren Augen. Sie genießt es!

Und du? Na, komm schon, irgendwie genießt du es auch. Du hast noch nie bei etwas derart Verrücktem mitgemacht. Bei etwas derart – vielleicht – Wichtigem?

»Und jetzt?«, fragst du. »Zünden wir die Bude an?«

»Jetzt zünden wir die Bude an«, antwortet sie feierlich.

Ihr verlasst den Abstellraum und schaut in die riesige Halle hinein. Weil Sadiq und Pauline offenbar die Laterne bei sich haben, gibt es nun keine Lichtquelle hier, trotzdem sind die Silhouetten der Hochregale zu erahnen, denn durch die Fenster unter der Decke kommt ein klein wenig Licht, vielleicht vom Mond oder der einsamen Straßenlaterne draußen, an der du dein Fahrrad angekettet hast.

Vielleicht stehen neben dieser Laterne inzwischen schon Pauline und Sadiq, nachdem sie aus dem Fenster des Vorzimmers oben geklettert sind; vielleicht stehen sie jetzt da und beraten sich, ob sie die Polizei oder die Feuerwehr rufen oder gleich beide. Oder einfach nach

Hause gehen und so tun, als ginge sie das alles nichts mehr an? Nein, das kannst du dir nicht vorstellen.

»Pass auf«, sagt Vic, »ich hab mir das so überlegt. Wir fangen hier vorne bei dem Rolltor an und entzünden den Anfang von jeder dieser drei Regalreihen. Während da schon die ersten Flammen hochlodern, arbeiten wir uns Schritt für Schritt Richtung Hinterausgang vor, und bevor hier das totale Inferno losbricht, hauen wir durch die Hintertür ab und verziehen uns über den Bahndamm.«

»Warum über den Bahndamm?«, willst du wissen.

»Vermutlich kommt von vorn ziemlich bald die Feuerwehr. Denen sollten wir nicht in die Arme laufen.«

Mist. Du denkst an dein Fahrrad. Vielleicht solltest du es ganz schnell als gestohlen melden? Kann man überhaupt zurückverfolgen, wem das Bike gehört? Ist die Seriennummer des Rahmens bei der Versicherung registriert, würde man dich verdächtigen ... Die Gedanken strudeln wie das Wasser einer Klospülung durch deinen Kopf, aber du hast jetzt keine Zeit dafür, Vic hält dir schon das Feuerzeug hin.

»Kann losgehen«, sagt sie.

»Und du?«

Da greift sie in die Hosentasche und zieht ein zweites Feuerzeug heraus.

»Du hast noch eines?« Du musst überrascht auflachen. »Da hätte ich ja vorhin gar nicht einschreiten müssen, als Pauline dir dieses hier wegschnappen wollte.«

»Nee.« Vic grinst. »Ich wollte auf alles vorbereitet sein, wirklich alles. Auch darauf, dass Pauline und Sadiq versuchen, mich aufzuhalten, und vielleicht auf die Idee kommen, das Feuerzeug einzukassieren. Trotzdem hast du das nicht umsonst getan. Denn das war der Augenblick, wo ich wusste, dass ich dir vertrauen kann.«

Ob du willst oder nicht, fühlst du dich geschmeichelt. Du nimmst das Teil aus ihrer Hand, klappst mit dem Daumen den Deckel auf und schnippst probeweise an dem Metallrädchen. Sofort springt eine riesige Flamme heraus, das Feuerzeug steht ja immer noch auf der höchsten Stufe. Die ganze Halle scheint in flackerndes Licht getaucht.

Es fühlt sich mächtig an. Du hast es in der Hand. Im wahrsten Sinne des Wortes hast du es in der Hand: wie das hier jetzt weitergeht.

Vic atmet ein und aus, dann seufzt sie und sagt: »Der andere Grund, warum ich zwei Feuerzeuge eingesteckt hab ist – na ja, ich hatte irgendwie eine klitzekleine Hoffnung, dass Pauline und Sadiq sich umstimmen lassen und mir am Ende doch noch helfen, die Halle anzuzünden. Weißt du, die beiden sind meine … also, sie *waren* meine … Nee, egal.« Sie winkt ab.

Die Flamme in deiner Hand spiegelt sich in Vics Augen, die dir kurz traurig vorkommen.

Du lächelst Vic an und flüsterst: »Deine Freaks, wolltest du sagen. Richtig?«

Sie macht ein verblüfftes Gesicht. »Woher weißt du das? Warte ...« Sie legt den Kopf schräg. »Hast du das aus Paulines Tagebuch? Hat sie das etwa aufgeschrieben?« Vic kommt einen Schritt auf dich zu. »Was schreibt sie denn sonst noch über mich?«

Kurz zögerst du. Möchtest du Vic ein bisschen aus deiner Lektüre berichten (▶ 26, Seite 231) oder lieber nicht (▶ 36, Seite 256)?

▶ 4

So schnell dich deine Füße tragen, rennst du durch die verqualmte Halle zu dem Abstellraum, ziehst eine Decke aus dem Regal und sprintest zurück. Sadiq hat die vorletzte Etage im Regal erreicht, von dort springt er einfach ab. Sein ganzer Ärmel und die Schulter stehen in Flammen! Im Laufen breitest du die Decke aus, dann wirfst du sie über Sadiq, und die Flammen an seiner Jacke ersticken.

»Puh ... danke!« Sadiq ist kreidebleich, aber ruhig. »Das war knapp.«

»Bist du schwer verbrannt?«, fragst du, als Sadiq die Decke von den Schultern gleiten lässt und sich dann die Jacke vom Leib reißt. »Sei vorsichtig.«

»Es geht schon«, sagt er. »Ich glaub, ich hab Glück gehabt.«

»Leute, kommt schnell!« Pauline. Sie kniet vor Vic, beugt sich über sie.

Ihr beide, Sadiq und du, lauft zu ihnen und seht, dass Vic offenbar bewusstlos ist.

»Sie atmet«, sagt Pauline, »aber sie reagiert nicht auf mich.«

»Wir müssen alle so schnell wie möglich raus«, sagst du. »Hat Vic noch den Schlüssel für die Hintertür bei sich?«

Paulines Hand fährt in Vics Hosentasche. Dann zieht sie einen Schlüssel hervor, den sie dir zuwirft. Du fängst ihn auf und rennst zu der eisernen Hintertür, steckst den Schlüssel ins Schloss und willst ihn drehen. Er bewegt sich nicht das kleinste bisschen. Das kann doch nicht wahr sein, was für ein Albtraum! Du rüttelst an der Klinke, bollerst gegen das Metall der Tür, drehst mit aller Gewalt den Schlüssel, bis er plötzlich nachgibt. Aber nicht, weil sich das Schloss geöffnet hat. Entsetzt starrst du auf das abgebrochene Stück in deiner Hand. Darauf steht eine Zahl, 23. Offenbar der falsche Schlüssel, der richtige steckt vermutlich in Vics anderer Hosentasche. Aber jetzt wäre er sowieso nutzlos. Denn der Rest von dem abgebrochenen Schlüssel steckt bombenfest im Schloss. Den kriegst du da nicht raus. Das Schloss ist blockiert.

Du drehst dich um und siehst Pauline und Sadiq auf dich zukommen. Beide haben die bewusstlose Vic in ihrer Mitte, haben sich jeweils einen ihrer Arme um die Schultern geworfen und ziehen sie mit sich, ihre Füße schleifen über den Boden, als wäre sie eine Puppe.

»Was ist?«, schreit Pauline. »Öffne die Tür!«

In abgehackten Worten erklärst du den beiden die Situation.

»Dann müssen wir in das Büro, wo sie uns vorhin eingeschlossen hat«, ruft Sadiq. »Und durchs Fenster raus.«

»Das geht nicht«, widerspricht Pauline. »Selbst wenn wir Vic irgendwie die Treppe raufschleppen, kann sie doch nicht an der Strickleiter runterklettern. Wir können sie schlecht aus dem Fenster werfen.«

»Immer noch besser, als wenn sie hier drin erstickt«, meinst du. Da fällt dir etwas anderes ein. »Ihr musstet doch neulich schon einmal aus dieser Halle abhauen«, sagst du. »Da seid ihr aus dem Toilettenfenster geflohen, richtig?«

»Ja, aber mit Mühe und Not«, sagt Pauline. »Ich glaub nicht, dass wir Vic bewusstlos da durchgeschoben kriegen.«

»Scheiße, dass wir keinen Strom haben!«, ruft Sadiq. »Sonst könnten wir irgendwie das Rolltor öffnen.«

Da zeigt Pauline mit der freien Hand auf den Gabelstapler, der immer noch mitten im Gang steht. Zwischen den Rauchschwaden ist er schemenhaft zu erkennen.

»Könnten wir mit dem Ding einfach das Tor durchbrechen? Was meint ihr?«

»Das geht bestimmt«, meint Sadiq. »Aber ohne Zündschlüssel fährt der wohl nicht.«

Kann es sein, dass dir an dieser Stelle eine Idee kommt? Ist da in deinem Gedächtnis vielleicht sogar eine Zahl in Verbindung mit dem Zündschlüssel für diesen Gabelstapler? Dann blättere schnell zu dem Abschnitt, der genau diese Zahl trägt.

Falls da keine Zahl in deinem Kopf ist, lies weiter bei

▶ 7, Seite 167

▶ 5

»Sadiq hat recht«, sagst du. »Es geht uns nichts mehr an. Mich eh nicht, aber auch euch beide nicht. Es ist vor allem eine Sache zwischen Vic und – nun ja – ihren Eltern, wenn ich das richtig verstehe. Was immer diese Familie für ein Problem hat, niemand von uns kann ihr dabei helfen. Auch ihr nicht.«

Sadiq nickt. Pauline seufzt. Aber sie nickt ebenfalls.

Ohne noch etwas zu sagen, klettert ihr stumm aus dem Fenster hinaus. Dann lauft ihr schweigend um die Halle herum, quetscht euch durch das Loch im Zaun, wählt den Weg an den Wohnmobilen vorbei und erreicht die Straße.

Während du noch nach Worten für einen halbwegs passenden Abschied suchst, zeigt Pauline plötzlich auf die Halle.

Hinter den Fenstern ganz oben flackert helles Licht auf.

»Sie tut es wirklich!«, ruft Sadiq. »Wir müssen weg.«

Pauline drückt dich. »Danke noch mal«, sagt sie. »Wir telefonieren, okay?«

»Okay«, murmelst du. Dann öffnest du dein Fahrradschloss und fährst los.

Auch die beiden setzen sich in Bewegung, gehen mit schnellen Schritten die Straße hinab. Du winkst ihnen noch einmal zu und hoffst, dass sie tatsächlich die Feuerwehr verständigen, und dass Vic unbeschadet aus der Halle rausgekommen ist.

Auf dem Heimweg fällt es dir ein: dein Rucksack! Dein Rucksack mit Paulines Tagebuch liegt noch mitten in der Lagerhalle. Oder auch nicht, vielleicht ist er samt seinem Inhalt schon zu Asche und Krümel verbrannt? Wenn aber nicht – könnte dann eine Spur zu dir führen?

Du findest an diesem Abend keine Ruhe und in der Nacht keinen Schlaf.

Als du früh am Morgen auf deinem Handy ein paar Nachrichtenseiten checkst, entdeckst du überall Bilder der halb verkohlten Halle. Offenbar kam die Feuerwehr noch rechtzeitig, damit die Flammen nicht auf die Waschanlage oder auf das Gelände mit den Wohnmobilen übergreifen konnte.

TOO HOT bekennt sich zu Brandanschlag

steht fett unter den Fotos.

Du liest alles, was du darüber finden kannst. Vor allem, um zu sehen, ob irgendwo ein Rucksack erwähnt wird. Aber davon ist nirgends die Rede. Stattdessen taucht zwei Tage später eine neue Schlagzeile auf:

Brandstifterin stellt sich der Polizei: Firmenerbin Victoria B. ist TOO HOT!

Und du?

Du wartest, dass Pauline sich mal meldet. Um über all das zu quatschen. Aber sie ruft nicht an. Du könntest dich natürlich deinerseits melden. Vielleicht wirst du es tun. Aber das ist dann eine andere Geschichte.

ENDE.

▶ 6

Du denkst überhaupt nicht daran, Sadiq dein Feuerzeug auszuhändigen. Zwar verstehst du gut, dass Pauline und er Skrupel haben, klar, aber niemand zwingt die beiden, hier mitzumachen. Sie könnten doch längst abgehauen sein. Du schwingst dich in das erste Regalfach, trittst auf die Holzpaletten, die dort liegen, findest Halt und ziehst dich zum nächsten Fach hoch und immer so weiter. Ab der dritten Ebene liegen keine Paletten mehr, da ist nur noch Metallgestänge. Die Regalfächer haben keine Böden, sondern bestehen aus groben Gittern und du musst aufpassen, nicht mit dem Fuß hineinzugeraten und stecken zu bleiben.

»Shit, Leute«, ruft Pauline von unten, »das ist echt nicht mehr witzig. Kommt wieder runter, lasst uns weiterreden.«

Aber es gibt nichts mehr zu reden, es ist doch alles gesagt. Die beiden sollen einfach nur Vic und dich in Ruhe lassen. Als du die letzte Etage erreichst, steht Vic bereits auf dem Gitter des obersten Regalfachs und stützt sich mit einer Hand an einem dicken Rohr ab, das in Höhe ihrer Schulter unter der Betondecke hängt. Du erkennst, dass viele dieser Rohre einen halben Meter unterhalb der Decke quer durch die ganze Halle verlaufen – vielleicht für die Lüftung oder so.

»Stimmt, Pauline«, ruft Vic hinab, »es ist nicht witzig.« Sie sieht zu dir. »Sag mal, bist du eigentlich auf Insta?«

»Ja, ähm – wieso?« Du brauchst einen Moment, bis du verstehst, worauf sie hinauswill. »Warte – du meinst, wir sollen live gehen?«

»Ja!« Sie jauchzt fast. »Filme, wie ich die Hütte hier anzünde! Die Welt soll das mitkriegen!«

»Die Welt?«, antwortest du zweifelnd. »Ich hab echt kaum Follower.«

»Das wird sich ab sofort ändern«, gibt sie zurück.

Die Vorstellung durchzuckt dich, du wirst *fame*! TOO HOT machen Ernst, und alle können zusehen, auf deinem Insta-Account. So krass, oder? Und vor allem – ihr tretet heraus aus der Anonymität.

Vic und du.

Du und Vic.

Ihr bekennt euch zu eurem Einsatz. Mit ihrem Gesicht und deinem Namen. Dann gibt es endgültig kein Zurück mehr für dich. Vielleicht ist genau jetzt der richtige Augenblick dafür?

Tust du es (▶ 47, Seite 284)?

Oder denkst du, dass das hier jetzt echt der absolut

falsche Zeitpunkt für Social-Media-Gepose ist – und dass du schon gar nicht willst, dass dein Insta-Account und dein Name dafür herhalten müssen (▶ 18, Seite 214)?

▶ 7

»Okay, dann …« Pauline bricht ab, wird von einem Hustenanfall geschüttelt, setzt nochmals an: »Dann rauf ins Büro und irgendwie raus hier.«

Du packst Vics Beine, während Pauline und Sadiq das Mädchen an Armen und Schultern halten, und so kämpft ihr euch durch den Rauch Richtung Treppe – oder in die Richtung, wo ihr die Treppe vermutet, denn inzwischen habt ihr keinerlei Orientierung mehr. Der Rauch ist überall um euch herum und in euren Lungen. Jeder Schritt wird zur Qual.

»Hier lang!«, krächzt Sadiq.

»Nein, hier«, widerspricht Pauline.

Da entgleitet euch Vics Körper, ihr alle vier sinkt übereinander.

War es das für euch …? Etwas in dir weigert sich mit aller Macht zu akzeptieren, dass du hier und jetzt ersticken wirst. Du versuchst, irgendwie noch mal auf die Beine zu kommen. Aber da sind diese Donnerschläge in deinem Kopf.

Nein, Quatsch, die kommen gar nicht aus deinem Kopf,

sie kommen von vorn, wo das Rolltor sein muss, das du zwar nicht sehen kannst, wo jetzt aber ein Bersten und Splittern zu hören ist, und dann spürst du einen Sog, du kannst richtig sehen, dass Bewegung in die Luft kommt, dass der Rauch nach draußen gesogen wird. Auf einmal siehst du das große Loch im Tor und die Aliens, die auf euch zukommen. Natürlich sind das gar keine Aliens, sondern Feuerwehrleute mit Atemschutzgeräten, draußen wabert ein Meer von Blaulicht. Jemand kniet neben dir, spricht dich an, zieht dich hoch. Du bist völlig benommen, deine Beine machen nicht mehr mit. Müssen sie auch nicht mehr, kräftige Hände tragen dich nach draußen.

Lies weiter bei ▶ 39, Seite 262

▶ 8

Du sagst: »Wir können uns doch einfach so treffen. Ohne dass ich gleich bei euch einsteigen muss, oder? Zum Beispiel übermorgen? Sonntagnachmittag, auf 'ne Cola in der City, wenn du magst. Bis dahin ist sicher schon euer Video viral gegangen, das ihr morgen in der Lagerhalle mit dem brennenden T-Shirt aufnehmen wollt. Und du kannst mir erzählen, wie es war, das Video zu drehen.«

»Schöne Idee«, antwortet Pauline. »Sagen wir um vier?«

»Abgemacht. Und bis dahin passe ich gut auf dein Buch auf. Versprochen.«

Du bist gespannt.

Aber als du Sonntagmorgen zum Frühstück kommst, wird dir schnell klar, dass es heute Nachmittag kein Treffen geben wird. Pauline hat zwar nicht abgesagt, aber das hätte sie auch nicht mehr gekonnt. Sie ist im Krankenhaus, wie du aus dem Radio erfährst. Drei Teenager haben am Samstagabend in einer nicht mehr genutzten Lagerhalle des Fast-Fashion-Herstellers CheepTex Feuer gelegt, heißt es. Beinahe wären die jugendlichen Brandstifter selbst darin umgekommen, sie konnten nur in äußerster Not gerettet werden und mussten mit Rauchvergiftung in die Klinik eingeliefert werden. Noch unbestätigten Berichten zufolge handelt es sich bei der Tat nicht um Vandalismus, sondern um einen gezielten Anschlag, denn die Jugendlichen sollen Mitglieder der mysteriösen Gruppe von Klimaaktivisten sein, die unter dem Namen TOO HOT zuletzt viel von sich reden gemacht hat …

Krass, da muss irgendetwas gewaltig schiefgelaufen sein.

Du greifst zu deinem Handy und schreibst an Pauline, wünschst ihr gute Besserung, und dass ihr euch ja vielleicht irgendwann anders mal treffen könnt.

Vielleicht kommt es dazu. Vielleicht auch nicht. Das wäre jedenfalls eine andere Geschichte.

ENDE.

▶ 9

Du stupst Vic an. »Wir müssen da rüberklettern.«

Sie hebt ganz langsam den Kopf, schaut aber an dir vorbei und murmelt: »Das können die nicht mehr ignorieren. Jetzt müssen die sich endlich mit mir auseinandersetzen.«

Du ahnst, dass sie von ihren Eltern spricht. Und das wäre bestimmt ein sehr interessantes Gesprächsthema – wenn ihr nicht gerade kurz davor wärt, lebendig auf diesem Hochregal geröstet zu werden. Obwohl das Feuer viele Etagen unter euch wütet, wallt die aufgeheizte Luft um euch herum und der Rauch beißt dir in die Augen, in die Nase, in den Hals. Du packst Vic an den Schultern und schüttelst sie. Gleichzeitig musst du aufpassen, nicht von dem Gitter abzurutschen, auf dem ihr steht. »Wir müssen da rüber«, schreist du sie an. »Jetzt sofort.«

Endlich erwidert sie deinen Blick, sieht fast ein bisschen verwundert aus, als wüsste sie im Moment gar nicht, wer du bist und wo du herkommst. Dann schaut sie zu dem Rohr zwischen euch.

»Das schaff ich nicht.«

»Doch, wir schaffen es zusammen«, beschwörst du sie. »Du bist hier hochgeklettert wie ein Profi, ich bin kaum hinter dir hergekommen. Das schaffst du locker. Oder willst du hier sterben?«

Das Wort klingt verrückt in deinen eigenen Ohren. Sterben. Ja, verdammt, ihr seid in Lebensgefahr! Eine irrsinnige Angst greift nach dir, die dir seltsamerweise zugleich einen harten Energiestoß versetzt. Du würdest dich vermutlich unter anderen Umständen niemals trauen, auf dieses Rohr zu klettern und darüberzukriechen, geschätzte zehn Meter über dem Boden. Aber jetzt weißt du, dass es geht.

Dass es gehen muss.

Vielleicht empfindet Vic ähnlich, denn sie strafft sich. »Okay.« Und dann beginnt sie, sich an dem Rohr hochzuziehen. Es klappt. Bei dir auch. Du klammerst dich mit beiden Armen und beiden Beinen an das Metall und robbst ganz langsam vorwärts, hinter Vic her.

Nicht nach unten sehen, sagst du dir – machst du aber eh nicht, weil du dein Gesicht irgendwie von dem beißenden Rauch wegdrehen willst. Die Regale stehen ja gar nicht so weit auseinander, sagst du dir, um dir selbst Mut zu machen. Und tatsächlich, die Hälfte habt ihr schon geschafft. Jetzt schon fast zwei Drittel.

Da siehst du, dass Vic in Schieflage gerät. »Ich rutsche!«, schreit sie, du hörst schiere Verzweiflung in ihrer Stimme. »Ich kann mich nicht mehr halten.«

Du robbst auf sie zu, willst ihr irgendwie helfen, weißt aber überhaupt nicht wie, du versucht, nach ihrem linken Fuß zu greifen, doch sobald du eine Hand von dem Rohr nimmst, gerätst du selbst ins Rutschen.

»Gib mir deine Hand, Vic!« Das warst nicht du, nicht deine Stimme.

Sondern die von Pauline! Sie steht auf der obersten Etage des anderen Hochregals und streckt beide Arme nach Vic aus. Die beiden Mädchen bekommen einander irgendwie zu fassen, und Pauline zieht Vic zu sich herüber. Mit letzter Kraft kriechst du hinterher, erreichst das andere Regal und lässt dich einen Moment lang völlig ermattet auf dem Gitter nieder.

»Schnell runter«, sagt Pauline. Eigentlich ist es mehr ein Krächzen, auch sie hat Rauch in die Lunge gekriegt, das Atmen fällt euch schwer, ihr habt überhaupt keine Zeit, euch auszuruhen. Die ganze Halle füllt sich mehr und mehr mit schwarzem Qualm, der rund um das brennende Hochregal in tiefen Orangetönen flackert und wabert.

Ihr klettert hinab. Der Abstieg kommt dir viel schwieriger vor. Auch, weil deine Arme und Beine total zittern. Vic geht es auch so, sie ist direkt über dir und du siehst, dass sie immer mehr Probleme hat, mit ihren Füßen Halt an den Gitterstäben des Regals zu finden. Es sind nur noch drei oder vier Etagen, da passiert es: Vic rutscht mit dem Fuß ab, der andere Fuß tritt ins Nichts, sie hält sich noch eine Sekunde lang mit den Händen fest, dann fällt sie. Stürzt an dir vorbei, ohne dass du irgendwas tun kannst, und knallt auf den Boden.

So schnell es irgendwie geht, klettert ihr beiden, Pauline und du, nach unten. Sadiq ist schon bei Vic und kniet über ihr. Als ihr endlich wieder festen Beton unter den Füßen habt, geben deine Knie nach, die ganze Angst entlädt sich und du sackst zusammen. Du schnappst nach Luft. Hier unten geht das Atmen besser, denn der Rauch steigt nach oben.

»Scheiße, sag was!« Sadiq schreit Vic an. »Mach die Augen auf!« Er schreit gegen das Fauchen der Flammen und gegen die eigene Verzweiflung an. Vic regt sich nicht. Sadiq beugt seinen Kopf zu ihrem hinab und legt sein Ohr auf ihren Mund. »Sie atmet«, ruft er und beginnt, ihre Hosentaschen abzutasten.

Erst verstehst du nicht, was das soll, doch dann hält er einen Schlüssel in der Hand. Du kommst wieder auf die Beine. Sadiq wirft dir den Schlüssel zu, und du fängst ihn auf.

»Öffne die Tür, schnell«, schreit er.

»Habt ihr die Feuerwehr gerufen?«, schreist du zurück.

»Vorhin schon. Und jetzt los!«

Du spürst, wie die Kraft in deine Beine zurückkommt – gleich seid ihr hier raus. Alles wird gut. Du rennst zu der eisernen Hintertür, steckst den Schlüssel ins Schloss und willst ihn drehen. Er bewegt sich nicht das kleinste bisschen. Das kann doch nicht wahr sein, was für ein Albtraum! Du rüttelst an der Klinke, bollerst gegen das Metall der Tür, drehst mit aller Gewalt den Schlüssel, bis er plötzlich nachgibt. Aber nicht, weil sich das Schloss geöffnet hat. Entsetzt starrst du auf das abgebrochene Stück in deiner Hand. Darauf steht eine Zahl, 23. Was immer das bedeuten soll ... Vielleicht stammt er auch aus diesem Kasten im Büro oben, diesem Vorzimmer, wo Vic euch eingeschlossen hatte? Vielleicht *ist* es sogar der Schlüssel, mit dem sie euch eingeschlossen hat – jedenfalls nicht der, der auf diese Hintertür hier passt. Dieser steckt vermutlich in Vics anderer Hosentasche. Aber jetzt wäre er nutzlos. Denn der Rest von dem abgebrochenen Schlüssel steckt bombenfest im Schloss. Den kriegst du da nicht raus. Das Schloss ist blockiert.

Du drehst dich um und siehst Pauline und Sadiq auf dich zukommen. Beide haben die bewusstlose Vic in ihrer Mitte, haben sich jeweils einen ihrer Arme um die Schultern geworfen und ziehen sie mit sich, ihre Füße schleifen über den Boden, als wäre sie eine Puppe.

»Was ist?«, schreit Pauline. »Öffne die Tür!«

In abgehackten Worten erklärst du den beiden die Situation.

»Dann müssen wir in das Büro, wo sie uns vorhin eingeschlossen hat«, ruft Sadiq. »Und durchs Fenster raus.«

»Das geht nicht«, widerspricht Pauline. »Selbst wenn wir Vic irgendwie die Treppe raufschleppen, kann sie doch nicht an der Strickleiter runterklettern. Wir können sie schlecht aus dem Fenster werfen.«

»Immer noch besser, als wenn sie hier drin erstickt«, meinst du. Da fällt dir etwas anderes ein. »Ihr musstet doch neulich schon einmal aus dieser Halle abhauen«, sagst du. »Da seid ihr aus dem Toilettenfenster geflohen, richtig?«

»Ja, aber mit Mühe und Not«, sagt Pauline. »Ich glaub nicht, dass wir Vic bewusstlos da durchgeschoben kriegen.«

»Scheiße, dass wir keinen Strom haben!«, flucht Sadiq. »Sonst könnten wir einfach das Rolltor öffnen.«

Da zeigt Pauline mit der freien Hand auf den Gabelstapler, der immer noch mitten im Gang steht. Zwischen den Rauchschwaden ist er schemenhaft zu erkennen. »Könnten wir mit dem Ding einfach das Tor durchbrechen? Was meint ihr?«

»Das geht bestimmt«, meint Sadiq. »Aber ohne Zündschlüssel fährt der wohl nicht.«

Kann es sein, dass dir an dieser Stelle eine Idee kommt? Ist da in deinem Gedächtnis vielleicht sogar eine Zahl in Verbindung mit dem Zündschlüssel für diesen Gabelstapler? Dann blättere schnell zu dem Abschnitt, der genau diese Zahl trägt.

Falls da keine Zahl in deinem Kopf ist, lies weiter bei ▶ 7, Seite 167

▶ 10

Du sprintest los und rennst, ohne dich nochmals umzusehen, bis zum Ende des Grundstücks. Keuchend erreichst du den Fuß des Bahndamms, wo dich das feuchtkalte Gestrüpp aus Farnkraut, Brennnesseln und dichten Brombeersträuchern empfängt. Oben donnert gerade ein Zug entlang und übertönt jedes andere Geräusch. Du hältst inne und blickst jetzt doch zurück. Es hat nicht den Anschein, als würde dich jemand verfolgen. Der Zug rauscht vorüber, das Knattern und Rattern der Wagons entfernt sich, und Stille kehrt ein.

Du verschnaufst einen Augenblick, dann setzt du dich wieder in Bewegung und schiebst dich an dem weiß lackierten Zaun entlang, immer den Brombeerranken ausweichend, die piksend nach dir greifen. Fast wie bei einem Dornröschenschloss, denkst du, nur dass hier vermutlich keine Prinzessin darauf wartet, wach geküsst zu werden. Dir entgeht trotz des schwindenden Tageslichts nicht, dass einige der Ranken frisch abgeknickt sind, und dass an manchen Stellen das Gras und der Farn am Boden platt gedrückt sind. Offenbar ist hier vor Kurzem schon jemand entlanggegangen. Schließlich erreichst du die Stelle, wo im Zaun zwei Eisenstangen fehlen. Obwohl du noch nie hier gewesen bist, erkennst du sie wieder, denn du erinnerst dich, wie Pauline die Stelle in ihrem Tagebuch beschrieben hat.

Du schlüpfst durch die Lücke hindurch und stehst an der Rückseite der Lagerhalle. Mit wenigen Schritten bist du bei der Hintertür. Du hebst die Hand, zögerst, dann klopfst du an. Ihr hättet ja vielleicht einen Code vereinbaren können, aber das ist jetzt auch egal.

Die Tür öffnet sich, und da steht sie. Du erkennst Pauline sofort wieder. Sie dich auch.

»Hey«, sagt sie und lächelt dich an. »Du bist wirklich da. Komm rein.«

Du betrittst die Halle, die von innen sogar noch größer wirkt als von außen. Vor dir öffnet sich ein verwirrendes Gebirge aus Hochregalen von vielleicht zehn oder zwölf Stockwerken. In einigen Regalfächern sind Holzpaletten gestapelt, aber du siehst keinerlei Waren.

Das matte Licht, das die Regale erleuchtet, stammt aus einem der Gänge.

Pauline schließt die Tür. »Komm, ich stell dich den anderen vor.«

Du folgst ihr in den mittleren Gang, wo ziemlich einsam und verlassen ein Gabelstapler steht. Aber er ist gar nicht verlassen, denn auf einer der Gabeln sitzt ein Mädchen in Joggingklamotten. Auf dem Fahrersitz hat es sich ein

Junge bequem gemacht, dessen Augen aufblitzen, als er dich sieht. Auf dem Boden steht eine Campinglaterne, die künstliches Licht verströmt. Eine LED-Lampe oder so. Unwillkürlich bist du froh, hier kein offenes Feuer zu sehen. Noch nicht, jedenfalls.

»Das sind Sadiq und Victoria«, sagt Pauline.

»Dachte ich mir«, antwortest du. »Freut mich, euch kennenzulernen.«

»Mich auch«, sagt Sadiq und klettert vom Fahrersitz des Gabelstaplers.

»Mich nicht«, knurrt Victoria. »Was für eine bescheuerte Situation! Wir haben Pauline gestern schon ganz schön die Hölle heißgemacht, weil sie so verrückt war, ihr Tagebuch einer wildfremden Person in die Tasche zu stecken. Oder dass sie so verrückt war, dieses Tagebuch überhaupt zu schreiben.« Sie wirft ihr einen kurzen Blick zu, dann mustert sie dich und legt den Kopf schräg. »Warum bist du hier? Warum hast du das Buch nicht zur Polizei gebracht und uns verraten?«

»Weil ich echt verstehen kann, was ihr tut«, antwortest du. »Also, ich meine: warum ihr das tut.«

»Aha«, macht sie. Klingt beinahe, als würde sie es missbilligen, dass du dich nicht an die Polizei gewandt hast. Was natürlich Unsinn ist. Sie kneift die Augen zusammen, als würde sie dich dadurch heranzoomen. »Können wir dir vertrauen?«

Sadiq kommt auf dich zu und meint zu ihr: »Das ist

nicht mehr die Frage. Wir müssen einfach. Also hör auf, Pauline deswegen Vorwürfe zu machen.« Dann dreht er sich wieder zu dir und sagt eindringlich: »Verstehst du? Wir müssen dir einfach vertrauen, denn wir haben keine andere Wahl. Und ich denke, das ist in Ordnung.« Er lächelt dich an. »Pauline hat dir anscheinend vertraut, einfach so, aus dem Bauch raus, sonst hätte sie dir das Tagebuch nicht gegeben.«

Sein Statement könntest du unkommentiert lassen, aber trotzdem willst du Victoria antworten.

Du sagst: »Ich hab mir das ja nicht ausgesucht. Und ich hab tatsächlich darüber nachgedacht, ob ich nicht zur Polizei gehen sollte. Aber davon wird das Klima auch nicht besser.«

Sadiq muss lachen. Victoria und Pauline auch. »Ja, stimmt«, meint Pauline.

Du musst ebenfalls grinsen. Und dann setzt du hinzu: »Also – ja, du kannst mir vertrauen, Victoria.«

»Nenn mich Vic«, meint sie, steht auf und bückt sich nach einem Rucksack. »Dann können wir ja anfangen.«

Sie holt drei zusammengerollte T-Shirts hervor und eine große grüne Plastikflasche. Brennspiritus.

Dir fällt ein, dass du ja selbst auch etwas in deinem Rucksack hast. Du lässt ihn von der Schulter gleiten, öffnest ihn und ziehst das Tagebuch heraus.

»Hier.« Du hältst es Pauline hin.

»Ich kann dir gar nicht genug danken, dass du es für

mich beschützt hast«, sagt sie, aber sie nimmt es nicht an sich. »Ich hab keine Tasche bei mir – kannst du es mir nachher geben? Wenn ... das hier vorbei ist?«

»Klar«, sagst du und schiebst das Buch wieder in den Rucksack, den du auf dem Boden ablegst. »Aber was genau meinst du mit *das hier* eigentlich?«

»Unsere kleine Shirt-Verbrennung«, antwortet Sadiq an ihrer Stelle.

Auch er hat einen Rucksack dabei, den er jetzt aus der Fahrerkabine des Gabelstaplers holt. Er öffnet ihn und zieht etwas Weißes heraus, das wie ein Bettlaken aussieht. Als er das Tuch auseinanderfaltet, erkennst du die Erdkugel, die er daraufgemalt hat. Blaues Meer, grüne Kontinente, weiße Polkappen. Über der Kugel steht in fetten Lettern: *TOO*. Und unter der Kugel: *HOT*.

»Das ist ja super geworden«, lobt Pauline. »Wollen wir das als Hintergrund nehmen?« Sie schaut sich um. »Wir könnten das zwischen zwei Stützen von den Regalen spannen.«

»Oder zwei von uns halten das Tuch fest«, sagt Sadiq. »Ich passe beim Filmen auf, dass ihr nicht zu sehen seid.« Er schaut dich an. »Wir sind ja jetzt zu viert.«

»Okay.« Du nickst. »Klar, ich mach mit, wenn ich helfen kann.«

Du nimmst das eine Ende des Tuches in die Hand, Pauline das andere. Ihr dreht es richtig herum und haltet es gemeinsam hoch.

Vic ist währenddessen zur Tür gelaufen und hat von innen abgeschlossen. »Damit wir keinen ungebetenen Besuch bekommen«, sagt sie.

»Du meinst den Wachmann?«, fragst du. »Hat der nicht einen eigenen Schlüssel?«

»Woher weißt du von dem Wachmann?« Vic runzelt die Stirn und schaut von dir zu Pauline. »Was hast du alles in deinem Tagebuch aufgeschrieben?«

»Ist doch jetzt egal«, sagt Pauline und zieht das Tuch zwischen euch beiden straff. So postiert ihr euch im Gang zwischen den Hochregalen.

»Dann hast du ja auch gelesen, dass der Wachmann seine Einsatzstelle bei unserer Firmenzentrale hat«, sagt Vic, nun wieder an dich gewandt. »Auf der anderen Seite der Bahngleise. Es gibt für ihn keinen Grund, rüberzukommen.«

»Wer könnte denn sonst hier auftauchen?«, fragst du zweifelnd.

»Keine Ahnung«, sagt Vic, »das ist es ja gerade.« Dann bückt sie sich und drapiert die T-Shirts, die sie mitgebracht hat, vor dem Transparent, das ihr hochhaltet, Pauline und du. Sadiq geht mit seinem Handy in Position.

»Und jetzt?«, fragst du.

Vic hat schon ein Feuerzeug hervorgeholt. Ein Sturmfeuerzeug, das man aufklappen kann, erkennst du. So eines, das weiterbrennt, wenn man es einmal entzündet hat, ohne dass man es festhalten muss.

Vic öffnet die Spiritusflasche und spritzt reichlich von der Flüssigkeit über die Shirts. »Wenn die Kamera läuft«, erklärt sie, die Flasche noch immer in der Hand, »werfe ich das Feuerzeug einfach auf die Klamotten. Das wird cool.«

Dann hebt sie die Flasche an, drückt sie nochmals feste zusammen und spritzt einen hohen Bogen Spiritus auf euer Transparent.

»Hey, was soll das?« Pauline hat ihren Zipfel fallen gelassen und ist einen Satz nach hinten gesprungen.

Du hältst den anderen Zipfel in der Hand und stehst einen Augenblick lang ratlos da.

»Es hat doch viel mehr Wirkung, wenn das auch abbrennt«, sagt Vic. »Der Planet fängt Feuer, ihr versteht schon, TOO HOT und so.«

Du fragst zweifelnd: »Wir sollen das festhalten, während es brennt?«

»Na, bevor ihr euch die Finger ansengt, lasst ihr natürlich los«, entgegnet Vic. Sie spritzt noch mehr von dem Zeug auf das Tuch.

»Hör endlich auf«, schimpft Pauline.

Sadiq hebt beschwichtigend die Hände, will dazwischengehen und kriegt einen Spritzer Spiritus voll auf den Ärmel seiner Jacke.

»Sorry, Mann«, ruft Vic, »das wollte ich nicht.« Sie stellt die Flasche ab.

»Nee«, sagt Pauline, während Sadiq sein Handy wegsteckt und erfolglos versucht, mit einem Taschentuch die Flüssigkeit von seinem Jackenärmel zu rubbeln. »Das ist mir viel zu riskant. Stellt euch vor, das Feuer greift auf die Regale über ...«

»Die sind aus Metall«, brummt Vic.

»Aber diese Holzpaletten«, sagt Sadiq. Er steckt das Taschentuch ein und lässt seine Blicke über die Regale wandern, die in dem matten Licht dastehen wie ein nächtlicher Wald voller Geheimnisse.

Du hältst immer noch einen Zipfel des Tuchs in der Hand. Mit der anderen greifst du unwillkürlich in das Regalfach, neben dem du stehst. Auf Höhe deiner Schultern liegen drei Paletten übereinander, und deine Finger befühlen das spröde, splittrige Holz. Du fragst dich, ob diese Teile tatsächlich Feuer fangen könnten. Und ob das nicht vielleicht sogar Vics heimliches Ziel ist ...

Pauline scheint derselbe Gedanke durch den Kopf zu gehen, denn sie fixiert Vic und sagt in sehr strengem Tonfall: »Nur zur Sicherheit – wir waren uns doch einig, dass wir hier kein Feuer legen und nicht die Halle abfackeln, richtig?«

»Richtig«, bestätigt Sadiq an Vics Stelle.

Vic zuckt mit den Schultern. »Wir können uns immer noch umentscheiden.«

»Dann bin ich raus.« Pauline verschränkt die Arme.

»Ich auch«, sagt Sadiq.

Du würdest gern was dazu sagen, aber eigentlich bist

du hier ja nur zu Gast, und es käme dir unangemessen vor, in die Diskussion einzugreifen. Währenddessen sind deine Finger unbewusst weitergewandert, bis sie an was Weiches, Feuchtes stoßen. Du drehst den Kopf zum Regal und erkennst im Schatten, dass ein Stück Stoff zwischen den Paletten steckt. Ein T-Shirt. Eines, das die CheepTex-Leute beim Aufräumen übersehen haben, als das Lagerhaus geschlossen wurde?

Wohl kaum.

Du ziehst die Hand zurück, reibst Daumen und Zeigefinger aneinander. Eine ölige Flüssigkeit klebt an deinen Fingerkuppen, du riechst den Spiritus. Vic muss das T-Shirt hier deponiert haben! Eine andere Erklärung fällt dir nicht ein.

Die drei haben nichts von deiner Entdeckung mitbekommen, denn sie sind aufeinander fixiert, stehen da im Dreieck wie bei einem alten Western, wo man sich fragt, wer als Erstes zieht und schießt.

Sagst du den anderen, was du gerade gefunden hast (▶ 16, Seite 205)?

Oder willst du erst mal abwarten, was Vic vorhat, ohne gleich ihren Plan zunichtezumachen – was immer ihr Plan auch sein mag (▶ 25, Seite 226)?

▶ 11

Es ist Samstagmorgen. Du hast schlecht geschlafen, in deinen unruhigen Träumen haben dich überdrehte aktivistische Jugendliche durch leer stehende Lagerhallen verfolgt, bevor schließlich alles um dich herum in Flammen aufgegangen ist. Du bist wach geworden und hast sofort gewusst, dass es die richtige Entscheidung ist – die Polizei wird ihren Job machen, und alles wird am Ende seine Ordnung haben.

Du bist noch nie zuvor auf einem Polizeirevier gewesen. Auf dein Klingeln hin öffnet sich die Tür, und du betrittst einen Vorraum. Hinter einer Glasscheibe sitzt eine Polizeibeamtin, den Blick auf einen Bildschirm geheftet.

»Ich will was abgeben«, sagst du und denkst im selben Moment, dass es das nicht ganz trifft. Es ist ja nicht so, dass du einen verlorenen Hausschlüssel gefunden hast oder ein Portemonnaie.

Du räusperst dich und setzt hinzu: »Es geht um eine Gruppe namens TOO HOT.«

Da löst sich die Beamtin von ihrem Bildschirm und schaut dich an. »Etwas abgeben?«

»Ja. Ein Tagebuch.«

»Kommen Sie bitte herein.«

Die Frau drückt einen Knopf, die nächste Tür summt, und dann betrittst du das Büro. Sie bietet dir einen Sitzplatz an. Du holst Paulines Buch aus der Tasche und legst es auf den Tisch. Die Polizistin nimmt es und blättert es auf. Du spürst einen kurzen Stich. Pauline hat dir vertraut ... Aber was du hier tust, ist doch auch zu Paulines eigenem Schutz. Findest du.

Du berichtest also, wie das Buch in deinen Besitz gelangte, und erzählst in groben Zügen, was du gelesen hast. Die Polizistin legt das Buch zur Seite, zieht die Tastatur ihres Rechners heran und beginnt zu tippen. Offenbar nimmt sie deine Aussage zu Protokoll.

Als du erwähnst, dass Victoria Barkhausen, die künftige Firmenerbin von CheepTex, zu TOO HOT gehört, vielleicht sogar die treibende Kraft ist, runzelt die Polizistin die Stirn, sagt aber nichts. Sie unterbricht dich kein Mal, schreibt alles auf, bis dir nichts mehr einfällt.

Schließlich schaut sie dich freundlich an und sagt: »Es ist gut, dass Sie damit gleich zu uns gekommen sind.«

Ein Blatt Papier erscheint im Drucker, sie nimmt es heraus und legt es vor dich hin. »Hier habe ich Ihre Aussage aufgeschrieben, bitte lesen Sie sich das kurz durch.«

Die Beamtin lächelt aufmunternd. Du findest sie eigentlich ganz sympathisch, aber dass die dich ständig mit »Sie« anredet, lässt dich trotzdem ein klein wenig frösteln. Vielleicht ist auch einfach nur die Heizung der Polizeiwache aus. Um Energie zu sparen. »Wenn alles stimmt, bitte hier unterschreiben.« Sie tippt auf einen Strich am unteren Rand. »Weil Sie minderjährig sind, schicken wir Ihren Eltern eine Kopie. Bestimmt haben Sie denen eh schon alles erzählt, oder?«

Du nickst abwesend, während du den Text mit deiner Aussage überfliegst. Es liest sich seltsam emotionslos, aber das soll es ja auch sein. Eine Zeugenaussage für eine Akte.

Du unterschreibst und verabschiedest dich.

Auf dem Heimweg siehst du noch einmal Paulines Gesicht vor deinem inneren Auge. Sie wäre ohne Frage sehr enttäuscht von dir. Aber du bist sicher, dass du richtig gehandelt hast. Würden die drei am Ende doch noch die ganze Lagerhalle anzünden, und würden dabei Menschen verletzt werden oder, wer weiß, sogar sterben – dann würdest du dir das ewig vorwerfen. Und vielleicht hast du ja Pauline soeben davor bewahrt, einen schrecklichen Fehler zu begehen.

Am Heck eines parkenden Autos fällt dir ein Aufkleber auf. Eine Strichmännchenfamilie, unter den Figuren steht: Mama, Papa, Mette, Mats, Eumel.

Aus irgendeinem Grund musst du lächeln. Warum, ist dir selbst nicht klar.

ENDE.

▶ 12

Du bremst auf deinem Fahrrad, bleibst stehen und schaust dich um. Werkstätten, Lagerhäuser, LKW-Garagen, du befindest dich mitten im Industriegebiet. Kurz vor fünf, es dämmert bereits, und die Gebäude beginnen, sich in graue Schatten zu verwandeln. Du ziehst das Handy aus der Tasche. Kein Zweifel, auf der Karte steht der kleine blaue Punkt, der du bist, genau über dem Pinnnadel-Symbol. Du blickst auf, siehst das verschlossene Tor aus weiß lackierten Eisenstäben und dahinter die große Halle, Fenster gibt es nur hoch oben knapp unter dem Dach. Wie in Paulines Tagebuch beschrieben. Über dem geschlossenen Rolltor prangt in blassen, teils abgeblätterten Buchstaben das Firmenlogo von CheepTex.

Komm hintenrum.

Na toll, und wie?

Im Tagebuch, das du in deinem Rucksack bei dir trägst, steht zwar theoretisch erklärt, wie das geht. Allerdings sind sie in der Nacht ihres Farbbeutelattentats von hinten über die Bahngleise gelaufen, und das möchtest du ihnen ungern nachmachen.

Im einsetzenden Zwielicht siehst du den Bahndamm hinter den Gebäuden, er wirkt wie ein Schutzwall, der das ganze Gewerbegebiet sichern will. Dort gibt es das Loch im Zaun, von dem in Paulines Tagebuch die Rede war.

Du betrachtest das Tor. Es ist zu hoch, um darüberzuklettern. Die Eisenstangen bieten nirgends Halt für Hände und Füße. Der Zaun läuft komplett um das Grundstück mit der Lagerhalle herum.

Rechts davon siehst du eine Art Autowaschanlage, nur viel größer – vielleicht für LKW? Sie ist nicht eingezäunt, du könntest über das Grundstück laufen, am weiß lackierten Zaun vorbei und zum Bahndamm, von wo aus du zu dem Durchgang im rückwärtigen Zaun gelangen könntest. Links von der Halle befindet sich ein großer Parkplatz, auf dem Wohnmobile abgestellt sind, sie stehen dicht an dicht in Reih und Glied wie eine stumme Armee heimatloser Häuschen. Der Parkplatz ist von einem Maschendrahtzaun umgeben, über den du leicht drübersteigen könntest.

Du kettest dein Fahrrad an einem einsamen Laternenmast an und überlegst: Nimmst du den Weg nach rechts über die Waschanlage (▶ 23, Seite 224) oder nach links über den Parkplatz mit den Wohnmobilen (▶ 31, Seite 242)?

▶ 13

Irgendwas ist da in deinem Kopf mit irgendwelchen Decken, aber du kannst dich jetzt nicht konzentrieren, um darüber nachzudenken. Stattdessen ziehst du deine eigene Jacke aus, während Sadiq die vorletzte Etage im Regal erreicht, von dort springt er einfach ab. Sein ganzer Ärmel und die Schulter stehen in Flammen! Schnell wirfst du deine Jacke über ihn, und die Flammen an seiner Jacke ersticken.

»Puh ... danke!« Sadiq ist kreidebleich, aber ruhig. »Das war knapp.«

»Bist du schwer verbrannt?«, fragst du, als Sadiq deine Jacke von den Schultern gleiten lässt und sich dann seine eigene vom Leib reißt. »Sei vorsichtig.«

Sein Pullover ist verkohlt. Auch den streift er ab, und du siehst die Brandblasen, die sich auf seiner Haut bilden.

»Es geht schon«, sagt er. »Ich hab Glück gehabt.«

»Leute, kommt schnell!« Pauline. Sie kniet vor Vic, beugt sich über sie.

Ihr beide, Sadiq und du, lauft zu ihnen und seht, dass Vic offenbar bewusstlos ist.

»Sie atmet«, sagt Pauline, »aber sie reagiert nicht auf mich.«

»Wir müssen alle so schnell wie möglich raus«, sagst du. »Hat Vic noch den Schlüssel für die Hintertür bei sich?«

Paulines Hand fährt in Vics Hosentasche. Dann zieht sie einen Schlüssel hervor, den sie dir zuwirft. Du fängst ihn auf und rennst zu der eisernen Hintertür, steckst den Schlüssel ins Schloss und willst ihn drehen. Er bewegt sich nicht das kleinste bisschen. Das kann doch nicht wahr sein, was für ein Albtraum! Du rüttelst an der Klinke, bollerst gegen das Metall der Tür, drehst mit aller Gewalt den Schlüssel, bis er plötzlich nachgibt. Aber nicht, weil sich das Schloss geöffnet hat. Entsetzt starrst du auf das abgebrochene Stück in deiner Hand. Darauf steht eine Zahl, 23. Offenbar der falsche Schlüssel, der richtige steckt vermutlich ins Vics anderer Hosentasche. Aber jetzt wäre er nutzlos. Denn der Rest von dem abgebrochenen Schlüssel steckt bombenfest im Schloss. Den kriegst du da nicht raus. Das Schloss ist blockiert.

Du drehst dich um und siehst Pauline und Sadiq auf dich zukommen. Beide haben die bewusstlose Vic in ihrer Mitte, haben sich jeweils einen ihrer Arme um die Schultern geworfen und ziehen sie mit sich, ihre Füße schleifen über den Boden, als wäre sie eine Puppe.

»Was ist?«, schreit Pauline. »Öffne die Tür!«

In abgehackten Worten erklärst du den beiden die Situation.

»Dann müssen wir in das Büro, wo sie uns vorhin eingeschlossen hat«, ruft Sadiq. »Und durchs Fenster raus.«

»Das geht nicht«, widerspricht Pauline. »Selbst wenn wir Vic irgendwie die Treppe raufschleppen, kann sie doch nicht an der Strickleiter runterklettern. Wir können sie schlecht aus dem Fenster werfen.«

»Immer noch besser, als wenn sie hier drin erstickt«, meinst du. Da fällt dir etwas anderes ein. »Ihr musstet doch neulich schon einmal aus dieser Halle abhauen«, sagst du. »Da seid ihr aus dem Toilettenfenster geflohen, richtig?«

»Ja, aber mit Mühe und Not«, sagt Pauline. »Ich glaub nicht, dass wir Vic bewusstlos da durchgeschoben kriegen.«

»Scheiße, dass wir keinen Strom haben!«, ruft Sadiq. »Sonst könnten wir irgendwie das Rolltor öffnen.«

»Vergiss es«, entgegnest du. »Vic hat den Strom abgeschaltet und die Hauptsicherung zerstört.«

Da zeigt Pauline mit der freien Hand auf den Gabelstapler, der immer noch mitten im Gang steht. Zwischen den Rauchschwaden ist er schemenhaft zu erkennen.

»Könnten wir mit dem Ding das Tor durchbrechen? Was meint ihr?«

»Das geht bestimmt«, meint Sadiq. »Aber ohne Zündschlüssel fährt der wohl nicht.«

Kann es sein, dass dir an dieser Stelle eine Idee kommt? Ist da in deinem Gedächtnis vielleicht sogar eine

Zahl in Verbindung mit dem Zündschlüssel für diesen Gabelstapler? Dann blättere schnell zu dem Abschnitt, der genau diese Zahl trägt.

Falls da keine Zahl in deinem Kopf ist, lies weiter bei ▶ 7, Seite 167

▶ 14

»Moment mal«, sagst du, »was soll das heißen: *Du* willst *mich* nicht verurteilen? Wer von uns beiden ist denn hier kriminell?«

»Ich«, antwortet sie sehr entschieden. »Vic und Sadiq und ich. Wir sind die Kriminellen. Aus der Sicht von heute. Aber in zehn Jahren oder in zwanzig, dreißig, fünfzig Jahren, da werden die Leute das anders beurteilen. Da werden sie nämlich wissen, was in Wahrheit kriminell war: Nichts gegen den Klimawandel zu tun. Nicht versuchen, die Menschen aufzurütteln, mit allen Mitteln. Damit endlich mal was passiert. Einfach zuzuschauen, wie dieser Planet immer weiter kaputt gemacht wird, wie immer weiter Menschen ausgebeutet werden, wie eine Katastrophe nach der anderen über die Länder der Erde hinwegrollt – das ist kriminell.«

»Moment mal«, erwiderst du empört. »Ich schaue auch nicht einfach nur zu. Ich achte total aufs Klima. Beim Essen, beim Verkehr, beim Thema Strom und Heizung und so weiter – mir ist das voll bewusst, und ich versuche jeden Tag, es ein bisschen besser zu machen. Aber durch eure Aktionen wird doch nichts besser. Im Gegenteil! Wenn ihr irgendetwas anzündet, sei es die Lagerhalle von CheepTex oder einfach nur ein T-Shirt, da produziert ihr doch nur selber CO_2. Ihr schadet eurer eigenen Sache.«

»Nein«, entgegnet sie. »Wir zeigen der Welt, dass wir verzweifelt sind. Es reicht nämlich nicht mehr, wie du es sagst, es jeden Tag ein bisschen besser zu machen. Das hätte vielleicht gereicht, wenn unsere Eltern damit in den Neunzigerjahren angefangen hätten. Jetzt ist es viel zu spät. Jetzt müssen wir radikal sein! Oder wir werden gar nicht mehr sein.«

»Aber ...« Du willst einhaken, doch sie lässt dich nicht zu Wort kommen.

Sie ruft: »Wir müssen beide tun, was unser Herz sagt. Und wenn dein Herz sagt, du sollst zur Polizei gehen, dann mach das.«

Klick.

Weg ist sie.

Du lässt deine Hand mit dem Handy sinken und Paulines Worte auf dich wirken.

Was denkst du? Zeigt ihre flammende Rede gerade nicht erst recht, dass TOO HOT wirklich gefährlich sind? Und dass es absolut richtig ist, zur Polizei zu gehen? Dann lies weiter bei ▶ 11, Seite 186. Oder hat sie dich ins Grübeln gebracht, und du würdest doch lieber weiter mit ihr sprechen? Dann lies weiter bei ▶ 40, Seite 269.

▶ 15

Du hast dich entschieden. Als Vic und Pauline gleichzeitig auf das Feuerzeug zuschießen, machst du bloß einen Schritt, aber statt dich zu bücken, kickst du das Teil mit dem Fuß in Paulines Richtung. Sie greift blitzschnell zu und steckt es ein.

»Aha«, brummt Vic bloß, und während sie sich wieder aufrichtet, streift sie dich von unten her mit einem Blick voller Verachtung. »Schade, dann halt nicht.«

Damit geht sie an dir vorbei und den Gang zwischen den Hochregalen entlang zum vorderen Teil der Halle.

Ihr drei schaut ihr schweigend hinterher.

»Wo will sie hin?«, fragst du schließlich.

Pauline zuckt mit den Schultern.

Sadiq meint: »Wahrscheinlich geht sie einfach nach Hause.« Er atmet geräuschvoll aus. »Tja, das war's wohl mit TOO HOT. Oder hat noch irgendjemand von euch Lust, ein paar T-Shirts zu verbrennen?«

»Nee«, sagt Pauline entschieden. »Nicht hier, umgeben von all den – wie du es nanntest – Grillanzündern. Das ist mir echt zu heikel.«

»Mir auch«, sagst du.

Pauline legt dir eine Hand auf die Schulter. »Das war eine ziemlich gute Reaktion von dir«, sagt sie. »Mit dem Feuerzeug, meine ich.« Sie lächelt dich an. »Ich hab einfach gewusst, dass ich dir vertrauen kann.«

»Danke«, sagst du. »Aber ich frage mich gerade – wie kommen wir jetzt hier raus? Hat Vic nicht vorhin die Tür abgeschlossen?«

»Shit, ja!«, ruft Pauline. »Schnell, hinterher.«

Vic ist bereits um die Ecke des Regals gebogen und aus eurem Sichtfeld verschwunden. Aber ihr hört ihre Schritte, sie hallen metallisch zu euch herüber, als würde sie eine Eisentreppe hinaufhasten. Sadiq schnappt sich die Laterne, und ihr lauft um den Gabelstapler herum und den Gang entlang bis zu einer Freifläche. Die Stirnwand der Halle wird auf dieser Seite zu einem großen Teil von dem Rolltor eingenommen, das du von außen, von der Straße her gesehen hast. Zu eurer Linken führt tatsächlich eine Treppe zu einer Art Empore hinauf, wo verschiedene Türen abgehen. Auch unter der Treppe siehst du drei Türen, zwei davon tragen Piktogramme für Männer- und Frauenklo.

Du erinnerst dich, dass das die Toiletten sind, wo die drei sich laut Paulines Tagebuch in der Nacht ihres Farbbeutelanschlags vor dem Wachmann versteckt haben. Aber dort wird Vic sich jetzt nicht vor euch verbergen, denn ihr habt doch gehört, wie sie die Treppe hochgelaufen ist. Langsam geht ihr ebenfalls nach oben. Sadiq leuchtet mit der Laterne.

Pauline ruft: »Hey, Vic, du hast den Schlüssel für die Hintertür noch bei dir. Vic?«

Kurz haltet ihr alle drei inne und lauscht.

Keine Antwort.

»Vic, du musst uns rauslassen«, setzt Pauline wieder an. »Komm schon, das ist kein guter Zeitpunkt für Versteckspiele.«

Nichts.

Ihr habt die Empore erreicht. Du bleibst kurz am Geländer stehen und schaust von oben in die weite Halle hinein, dein Blick verliert sich im Dunkeln zwischen den Schemen der hochhausgroßen Regalreihen.

»Sie muss hier irgendwo sein«, murmelt Sadiq. Er mustert die drei Türen vor euch. »Vic? Was soll der Scheiß?«

Pauline geht auf die rechte der drei Türen zu. »Hey, die ist nur angelehnt.« Sie hat geflüstert. Dann schiebt sie die Tür ein Stück auf. »Vic?«

Pauline drückt einen Lichtschalter, du hörst ihn klacken, aber nichts geschieht. Vermutlich ist der Strom abgestellt.

»Komm bitte mit der Lampe«, sagt sie zu Sadiq.

Sadiq geht zur ihr, und du folgst ihm. Ihr drei betretet ein kleines Büro. Kurz konntest du einen Blick auf das Türschild erhaschen, da steht: *Frau Mettenschlick, Vorzimmer Herr Somaz.*

Und es sieht auch so aus, wie du dir ein Vorzimmer vorstellst: Schreibtisch mit Telefon, Aktenschränke, alles mit durchsichtiger Folie abgedeckt, so als würden die Leute, die hier mal gearbeitet haben, vielleicht eines Tages zurückkommen. Außer der Tür, durch die ihr hereingekommen seid, gibt es zwei weitere Türen, eine nach rechts, da steht: *Herr Somaz, Leitung*. Gegenüber auf der Tür prangt das Schild: *Frau Bach, Buchhaltung*.

»Vic?« Pauline will die linke Tür öffnen, doch die ist abgeschlossen.

Du versuchst es bei der Tür gegenüber. Sie lässt sich öffnen, und du gelangst in ein sehr großes Büro mit einem wuchtigen Schreibtisch, hinter dem ein fast ebenso wuchtiger Chefsessel steht. Auch hier ist alles mit Folie abgedeckt. Von Vic keine Spur.

Da knallt eine Tür. Die, durch die ihr hereingekommen seid. Du hörst, wie ein Schlüssel im Schloss gedreht wird. Pauline ist mit einem Satz an der Tür, aber zu spät. Vergeblich drückt sie die Klinke mehrmals, rappelt daran, bollert gegen die Tür.

»Zur Seite«, kommandiert Sadiq. Er drückt dir die Laterne in die Hand, nimmt Anlauf und wirft sich gegen die Tür. Es hilft nichts.

»Vic, was soll die Scheiße!«, schreit er.

»Haut einfach ab und lasst mich in Ruhe!«, ruft Vic von draußen. Dann hört ihr, wie sich ihre Schritte entfernen. Ihre Tritte auf den Eisenstufen hallen durch die geschlossene Tür zu euch herein, werden leiser, dann sind wie weg.

»Haut einfach ab«, wiederholt Pauline. »Wie das denn, bitte schön?« Sie geht zum Fenster und öffnet es. »Wir sind im ersten Stock. Ich hab keine Lust, da rauszuspringen.«

»Ich verstehe nicht«, setzt Sadiq an, »warum Vic überhaupt – ah, Mist.«

Er ist offenbar über irgendwas gestolpert, was auf dem Boden liegt. Sofort leuchtest du mit der Campinglaterne zu der Stelle und starrst verblüfft auf das Gewirr aus Schnüren und Holzstücken, aus dem Sadiq gerade seinen verhedderten Fuß befreit.

»Eine Strickleiter!«, rufst du verblüfft aus. »Warum liegt hier eine Strickleiter? In einem alten Büro?«

»Ob hier vielleicht ein Obdachloser ...«, überlegt Pauline.

Sadiq unterbricht sie: »Die liegt hier aus demselben Grund, warum in der Halle überall brennbare T-Shirts versteckt sind. Ganz einfach, weil Vic das alles so vorbereitet hat.« Er hebt die Strickleiter hoch und lässt sie auseinanderrollen. Am oberen Ende sitzt eine große metallene Öse. Sadiq nickt zum Fenster. »Wir sollen die Leiter dort befestigen und dann nach draußen klettern.«

»Sie hat es gewusst«, brummt Pauline. Du siehst ihr Gesicht im Schein der Campinglaterne und findest, dass sie plötzlich traurig wirkt. »Vic hat von Anfang an nicht damit gerechnet, dass wir sie dabei unterstützen, diese Halle anzuzünden. Darum hat sie das so vorbereitet – hat uns eingeschlossen, damit wir keine Chance haben, sie noch aufzuhalten. Und gleichzeitig wollte sie dafür sorgen, dass wir nicht in Gefahr geraten, sondern aus dem Gebäude rauskommen. Mit dieser Leiter hier.«

Sadiq geht hinüber zum geöffneten Fenster und schiebt die große Öse über den Fenstergriff. Dann wirft er die Leiter aus dem Fenster. Du gehst zu ihm, hältst die Laterne hoch und beugst dich mit ihm hinaus. Die Leiter fällt an der Wand hinab und endet nur ein paar Handbreit über dem Boden. Es dürfte kein Problem sein, da hinunterzuklettern. Du siehst den hohen Zaun, der um das ganze Grundstück führt, und dahinter die Waschanlage, die du bei deiner Ankunft vorhin von der Straße aus gesehen hast.

Sadiq zieht an der Leiter, um den Halt des Fenstergriffs zu prüfen. »Absolut fest«, sagt er. »Das müsste klappen. Wollen wir?«

Sein fragender Blick geht zu Pauline. Die sieht ausgesprochen unglücklich aus.

»Was denn?«, fragt er.

»Ach, ich weiß nicht, das ist so … Ich fühl mich schrecklich, weil wir sie jetzt im Stich lassen.«

»Bitte? Im Stich lassen?«, fragt Sadiq. »Vic ist doch diejenige, die …«

»Weiß ich auch«, fällt Pauline ihm ins Wort. »Aber

ich find es trotzdem scheiße. Ich meine – wir sind doch ihre … also, wir *waren* doch ihre …« Sie stockt und sieht Sadiq durchdringend an.

»Hä?«, macht Sadiq.

»Egal«, meint Pauline.

Du verstehst, worauf sie hinauswill. »Ihr seid ihre Freaks, oder?«, meinst du. »Das wolltest du sagen, nicht wahr?«

Pauline nickt.

Sadiq starrt dich an, dann Pauline, dann wieder dich. »Woher weißt du, dass sie uns so genannt hat?« Sein Blick wechselt wieder zu ihr. »Steht das etwa in deinem Tagebuch?«

Pauline nickt. »Ist ja nichts Schlimmes.«

»Nee, überhaupt nicht«, bekräftigst du. »Im Gegenteil, ich mag diese Geschichte. Darum hab ich das erwähnt. Es zeigt doch, dass euch drei etwas ganz Besonderes verbindet. Es wäre wirklich traurig, wenn eure Freundschaft jetzt zerbrechen würde.«

Pauline nickt. »Das hast du schön gesagt«, murmelt sie. »Na, dann mal los. Soll ich den Anfang machen?«

Du nickst und Sadiq tritt zur Seite.

Pauline steigt auf die Fensterbank und schaut nach unten. »Gar nicht so easy, wie man denkt«, sagt sie und geht in die Hocke. Dann fasst sie den Strick an, zieht prüfend daran, setzt einen Fuß auf eine der Sprossen und beginnt langsam, hinabzuklettern.

Nachdem ihr Kopf aus der Fensteröffnung verschwunden ist, kommt Sadiq ganz nah zu dir und fragt leise, fast flüsternd: »Was steht denn sonst noch so in dem Tagebuch?« Er zwinkert. »Hat Pauline auch was über mich geschrieben?«

Du zögerst. Falls du ihm etwas dazu erzählen möchtest, lies weiter bei ▶ 20, Seite 219. Oder schweigst du dich lieber dazu aus (▶ 33, Seite 246)?

▶ 16

»Ähm, Leute …« Du räusperst dich. »Ich hab da gerade was entdeckt.«

Drei Köpfe fahren zu dir herum. Du greifst noch einmal zwischen die Paletten und ziehst das in Spiritus getränkte T-Shirt heraus.

Pauline kommt auf dich zu und nimmt dir das Shirt aus der Hand, riecht daran und streckt es Vic hin, wie eine Anklägerin, die ein Beweisstück präsentiert.

»Das hast du hier versteckt, oder, Vic?«, fragt sie.

Vic macht ein bemüht unschuldiges Gesicht, aber das nimmst du ihr nicht ab.

Niemand nimmt ihr das ab. Auch Sadiq nicht, denn er schaltet an seinem Handy die Taschenlampe ein, leuchtet auf der anderen Seite ins Regal hinein und zieht ein weiteres Shirt zwischen den Paletten hervor.

»Shit, Vic!«, ruft Pauline. »Wie viele davon hast du hier denn noch versteckt?«

Sadiq setzt nach: »Komm schon, wir wissen, dass du das warst. Du hast den Schlüssel zu dieser Halle. Und du hast Zugang zu den Waren eurer Firma, du kannst so viele

Shirts klauen, wie du willst. Wer außer dir soll das getan haben?«

Da hebt Vic die Augenbrauen und seufzt wie eine Lehrerin, die einem besonders dummen Kind die allereinfachsten Sachen zehnmal erklären muss. »Ja, natürlich war ich das«, sagt sie. »Ich wollte einfach vorbereitet sein. Für den Fall, wie gesagt, dass wir uns umentscheiden.«

»Du bist ja völlig wahnsinnig, Vic!«, ruft Pauline.

»Stopp mal.« Sadiq hebt die Hände. »Wir klären das in Ruhe.« Er wendet sich an Vic. »Wir waren uns doch einig, dass wir keine Brandstifter sind. Und auf keinen Fall diese Halle abfackeln.«

»Na und?« Vic hat geschrien, du zuckst richtig zusammen. »Es brennt doch längst schon überall!« Ihre Stimme hallt von der hohen Decke wider. »Die Menschheit hat nur noch zwei, maximal drei Jahre Zeit, danach ist alles zu spät. Wir stehen doch längst an den Kipppunkten des Klimas, aber die Menschen schnallen es nicht, dass in ein paar Jahren halbe Kontinente unbewohnbar werden, dass Milliarden Menschen fliehen müssen, dass gewaltige Kriege kommen werden, Kampf um Energie, Kampf ums Essen, nicht in Afrika, sondern überall, hier, bei uns ... Und ihr pisst euch jetzt wegen dieser bekackten Lagerhalle an, die keiner mehr braucht? Verdammt, Leute! Wir müssen die Menschen wachrütteln! Die Medien! Die Regierung! Die Wirtschaft! Die ... meine Eltern.«

»Und selbst wenn deine Eltern das Böse in Person wären«, sagt Sadiq, »ich will einfach kein Brandstifter sein, okay?«

»Ha!«, schreit Vic. Ihre Stimme überschlägt sich fast. »Wer sind denn die wahren Brandstifter? Das sind doch die Leute, die nichts tun, obwohl sie die Macht dazu hätten. Und wir? Wir haben keine Macht.« Plötzlich senkt sie die Stimme und fügt kaum hörbar hinzu: »Wir haben keine Macht. Aber ein Feuerzeug.« Dann hält sie atemlos inne. Sieht euch an, wartet auf eure Reaktion.

Sie hat doch recht, oder? Es braucht richtig krasse Maßnahmen, damit endlich was passiert, etwa nicht?

Was meinst du?

Oder findest du auch, dass Vic wahnsinnig geworden ist, übergeschnappt, irre, was auch immer – glaubst du, dass ihr sie stoppen müsst?

In die angespannte Stille hinein fragst du: »Wie viele von diesen Shirts hast du hier versteckt?«

»Weiß nicht«, sagt Vic. »Viele. Sehr viele. Überall.«

»Und die sind alle voller Spiritus?«, fragst du. »Eine gigantische Anordnung von Grillanzündern?«

Da grinst Vic. »Genau.«

»Ich will hier raus!«, entfährt es Pauline. Ihr Blick geht auf den Boden. Auf das Sturmfeuerzeug, das Vic dort abgelegt hat.

Vic ist Paulines Augenbewegung gefolgt. Sie setzt zu einem Sprung an, um das Feuerzeug wieder an sich zu bringen, bevor Pauline es ihr wegnehmen kann.

Die Person aber, die am allernächsten dran ist an dem Teil, bist du.

Als hätte jemand auf Pause gedrückt, bleibt die Welt für dich stehen, weil in einem Sekundenbruchteil die Gedanken durch deinen Kopf ballern: Vic hat doch recht, die anderen begreifen es nicht, müssen sie auch nicht, es zählt nur, dass überhaupt jemand was tut. Jetzt gerade steht es zwei gegen eins; Pauline und Sadiq gegen Vic – aber du bist ja auch noch da. Du bist plötzlich Teil von etwas Großem, du kannst zusammen mit Vic dieses Gebäude in Brand stecken und wirklich ein Zeichen setzen, das nicht mehr ignoriert werden kann. Du musst dir bloß erst mal das Feuerzeug schnappen, bevor Pauline es erwischt und Vics Plan vereiteln kann (▶ 3, Seite 148).

Oder ... nein! Das wäre doch kompletter Irrsinn. Dem Klima hilft es kein bisschen, wenn ihr hier Feuer legt. Im Gegenteil werden sich dann eher viele Leute abwenden, weil ihnen das zu radikal ist. Und außerdem, selbst wenn – wirklich wenn – das was bringen würde, die Halle abzufackeln, ist das Risiko viel zu groß, dass ihr euch selber in Gefahr bringt. Du musst schnell das Feuerzeug an dich nehmen, bevor Vic es erwischt (▶ 15, Seite 197).

▶ 17

»Ich weiß, wo der ist!«, rufst du. »Bin gleich zurück.«

Du ziehst den Kragen deines Pullis hoch, sodass er irgendwie deinen Mund und deine Nase bedeckt, dann rennst du in den Qualm hinein, durch den Gang, an dem Gabelstapler vorbei und in den vorderen Bereich der Halle. Du hastest die Treppe rauf, wo dich ein gähnendes Loch an der Stelle erwartet, an der vorhin noch die Tür zum Vorzimmer gewesen ist. Du kletterst über die zersplitterten Reste der Tür, leuchtest mit deinem Handy und findest den Schlüsselkasten wieder, nimmst den Zündschlüssel heraus und eilst so schnell wie möglich zurück. Das Beißen in deinem Hals wird stärker, du hustest dir die Lunge aus dem Leib und kannst nicht mal richtig verschnaufen, weil es dadurch nur noch viel schlimmer wird.

Sadiq und Pauline haben die reglose Vic schon auf dem hervorstehenden Hinterteil des Gabelstaplers abgelegt, und Pauline hockt neben ihr, um sie festzuhalten.

Du streckst Sadiq den Schlüssel hin, doch der wehrt ab. »Ich bin auch noch nie mit so einem Teil gefahren.«

Okay. Bevor ihr jetzt noch länger diskutiert, schwingst

du dich auf den Fahrersitz und steckst den Schlüssel ins Schloss. Dieser hier dreht sich tatsächlich, und mit einem tiefen Blubbern und Wummern springt das Ungetüm an. Sadiq steigt seitlich mit auf und hält sich am Gestänge der offenen Fahrerkabine fest. Hektisch suchen deine Augen den Fußraum ab. Da gibt es drei Pedale. »Gas ist rechts!«, den Spruch kennst du. Kann hier ja vielleicht auch so sein. Also trittst du auf das rechte Pedal.

Der Motor heult auf, aber das Ding bewegt sich kein Stückchen.

Du trittst auf die anderen beiden Pedale.

Nichts.

Dein Ziel, das Rolltor vor euch, ist immer schwächer zu sehen, je mehr sich die Rauschwaden in der Halle ballen.

»Gangschaltung!«, krächzt Pauline von hinten. »Bestimmt musst du einen Gang einlegen!« Ihre Stimme versagt fast.

Du wechselst einen ratlosen Blick mit Sadiq. Zwischen dir und ihm siehst du drei lange Hebel. Ohne groß zu überlegen, drückt Sadiq einen dieser Hebel, und sofort hebt sich vor euch die große Gabel in die Höhe. Sadiq lässt los.

Vielleicht war das doch keine gute Idee mit dem Gabelstapler? Ihr verliert wertvolle Zeit, irgendwann wird es zu spät sein, um doch noch zurück zu den Büros zu gelangen und aus dem Fenster des Vorzimmers zu fliehen.

Da entdeckst du einen weiteren Hebel links von dem

Lenkrad. Du ziehst daran, und die Maschine bewegt sich augenblicklich rückwärts. Instinktiv trittst du auf das mittlere Pedal, der Stapler bremst abrupt, und in dem großen Rückspiegel siehst du, dass Pauline sich mit der einen Hand am Gestänge der Fahrerkabine festklammert und mit der anderen Hand Vic festhält, die sonst heruntergeschleudert worden wäre.

»Sorry!«, schreist du gegen den Lärm des Motors und der Flammen an.

»Jetzt hast du es doch!«, schreit Pauline zurück.

Stimmt. Du schiebst den Schalthebel nach vorn – und endlich bewegt sich das Gefährt in die richtige Richtung. Dass die Gabel jetzt etwas höher steht als vorhin, kann auch nützlich sein, denn so werdet ihr das Rolltor mit voller Wucht rammen. Wenn es nachgibt, seid ihr frei. Wenn nicht, wenn ihr dagegenknallt und das Tor hält, werdet ihr euch sicher schwer verletzen. Aber das spielt irgendwie keine Rolle mehr, wird dir schockierend bewusst. Du setzt deinen Fuß aufs Gaspedal und drückst drauf, so fest du kannst. Beinahe kommt es dir vor, als würde sich der Gabelstapler aufbäumen wie ein steigendes Pferd, dann schießt die Maschine los und du kannst nichts weiter tun, als das Lenkrad festhalten. Die Rauchschwaden um euch herum werden aufgewirbelt, das Rolltor rauscht heran, wird größer und größer, bis das ganze Universum nur noch aus dieser einen grauen Fläche besteht, die im nächsten Moment krachend zerbirst; und Plastiktrümmer wirbeln dir um den Kopf, du reißt schützend beide Hände hoch, weil du einen Aufprall erwartet hast, aber da kommt keiner, stattdessen tauchst du in ein Meer aus Blaulicht ein, du siehst Feuerwehrleute mit Helmen auf dem Kopf, siehst Löschfahrzeuge um dich herum, erinnerst dich daran, dass es eine Bremse gibt, und trittst darauf. Dein Mund ploppt auf, und reine Luft fährt in deine Lungen. Hände greifen nach dir, die Schwerkraft kippt zur Seite und alles um dich herum verschwimmt.

Als du wieder einigermaßen zu dir kommst, wird dir bewusst, dass du auf einer Trage liegst, jemand hat eine Decke aus goldglitzernder Folie über dich gebreitet. Eine Frau beugt sich zu dir hinab, *Notarzt* steht auf ihrer roten Jacke, sie tupft mit einer Kompresse in deinem Gesicht herum, du merkst, dass du blutest.

»Was … ist mit mir?«, stammelst du.

»Du hast nur ein paar leichte Kratzer abgekriegt«, antwortet die Frau ruhig, »von den Splittern aus dem Rolltor. Nichts Schlimmes, soweit ich sehe.«

»Wo sind … die anderen?«

»Ihr seid alle vier okay«, sagt die Ärztin.

Du drehst den Kopf zur Seite. Da liegt Vic, gleich neben dir, auch auf einer Trage, ein Sanitäter hält ihr eine Atemmaske auf den Mund.

Dann siehst du Pauline und Sadiq, auch sie sind in diese goldenen Decken gehüllt. Sie stehen eng umschlungen da und küssen sich.

»Ihr habt alle vier wahnsinniges Glück gehabt«, sagt die Ärztin.

Das war kein Glück, denkst du, aber du sagst es nicht. Du sagst erst mal gar nichts mehr.

Lies weiter bei ▶ 39, Seite 262

▶ 18

»Nee«, sagst du, »das ist mir jetzt echt zu viel. Außerdem wär das doch bloß Show, Vic. Es wird doch morgen eh in allen Zeitungen stehen.«

»Ach, komm.« Sie winkt ab. »Du willst einfach nicht dazu stehen, dass du jetzt zu uns gehörst. Egal.«

Sie lässt das Feuerzeug wieder aufflammen.

Und wie in Zeitlupe siehst du, dass sie ihre Hand öffnet, das Teil herausgleitet und fällt. Es brennt weiter, es ist ein Sturmfeuerzeug, es brennt und fällt, fällt durch die Gitterböden der Regalfächer hindurch nach unten, es dreht sich dabei um sich selbst und wird mit einem dumpfen Plopp von einer der Paletten in den unteren Regalfächern verschluckt. Einen winzigen Augenblick lang geschieht gar nichts, dann wallt aus der Tiefe eine Flamme empor, die sich rasch ausbreitet. Hitze schießt dir entgegen.

Du siehst Vic an und murmelst: »Ich glaub, das war keine gute Idee.«

»Ich dachte nicht, dass … das so schnell geht«, stammelt Vic.

»Los, komm«, rufst du. »Wir müssen hier runter!

Aber dafür wird die Zeit verdammt knapp. Unter euch breiten sich Flammen in beide Richtungen aus, ihr könnt vermutlich gar nicht so schnell runterklettern, bevor das Feuer die gesamte Länge des Regals erreicht hat, selbst an den beiden Enden.

Unten brüllen Pauline und Sadiq euch etwas zu, aber das Fauchen der Flammen verschluckt ihre Worte.

Vic starrt wie versteinert auf das Inferno unter euch. Hattest du nicht vorhin was von Grillanzünder gesagt? Genau das trifft es – und ihr befindet euch mitten auf dem Grill!

Du betrachtest die breiten Rohre. Es wäre eine Möglichkeit, dass ihr euch hochzieht und so unter der Decke hinüber zu dem nächsten Regal kriecht, wo ihr hinunterklettern könnt.

Willst du es wagen (▶ 35, Seite 250)? Oder willst du doch lieber am Ende des Regals hinunterklettern und vielleicht mit etwas Glück den Flammen zuvorkommen (▶ 37, Seite 258)?

▶ 19

Kurz entschlossen schwingst du dich in das erste Regalfach, trittst auf die Holzpaletten, die dort liegen, findest Halt und ziehst dich zum nächsten Fach hoch und immer so weiter. Ab der dritten Ebene liegen keine Paletten mehr, da ist nur noch Metallgestänge. Die Regalfächer haben keine Böden, sondern bestehen aus groben Gittern und du musst aufpassen, nicht mit dem Fuß hineinzugeraten und stecken zu bleiben. Du kletterst weiter und erreichst schließlich die letzte Ebene, ziehst dich hoch und balancierst ganz langsam über das Gitter auf Vic zu.

»Verschwinde von hier!«, schnauzt sie dich an.

»Ich will nur reden«, antwortest du. »Du kannst dich immer noch anders entscheiden.« Du willst beruhigend beide Hände heben, verlierst aber fast das Gleichgewicht dabei. Mit der einen Hand stützt du dich an einem dieser Rohre ab, die unter der Decke verlaufen. Die andere Hand streckst du vorsichtig in ihre Richtung aus.

»Gib mir einfach das Feuerzeug und komm mit mir runter«, sagst du so sanft wie möglich. »Wir werden einen anderen Weg finden, um ein großes Zeichen zu setzen.«

»Das hier ist der beste Weg«, antwortet sie kühl.

Wie in Zeitlupe siehst du, dass sie ihre Hand öffnet, das brennende Feuerzeug herausgleitet und fällt. Es brennt weiter, es ist ein Sturmfeuerzeug, es brennt und fällt, fällt durch die Gitterböden der Regalfächer hindurch nach unten, es dreht sich dabei um sich selbst und wird mit einem dumpfen Plopp von einer der Paletten in den unteren Regalfächern verschluckt. Einen winzigen Augenblick lang geschieht gar nichts, dann wallt aus der Tiefe eine Flamme empor, die sich rasch ausbreitet. Hitze schießt dir entgegen.

»Oh …«, macht Vic. »Hätte nicht gedacht, dass das so schnell geht.«

»Los, wir müssen runter!«, schreist du.

Aber dafür wird die Zeit verdammt knapp. Unter euch breiten sich Flammen in beide Richtungen aus, ihr könnt vermutlich gar nicht so schnell runterklettern, bevor das Feuer die gesamte Länge des Regals erreicht hat, selbst an den beiden Enden.

Unten brüllen Pauline und Sadiq euch etwas zu, aber das Fauchen der Flammen verschluckt ihre Worte.

Vic starrt wie versteinert auf das Inferno unter euch. Hattest du nicht vorhin was von Grillanzünder gesagt? Genau das trifft es – und ihr befindet euch mitten auf dem Grill!

Du betrachtest die breiten Rohre. Es wäre eine Möglichkeit, dass ihr euch hochzieht und so unter der Decke hinüber zu dem nächsten Regal kriecht, wo ihr hinunterklettern könnt.

Willst du es wagen (▶ 9, Seite 171)? Oder willst du doch lieber am Ende des Regals hinunterklettern und vielleicht mit etwas Glück den Flammen zuvorkommen (▶ 37, Seite 258)?

▶ 20

Du räusperst dich und antwortest leise: »Also – als ich das Tagebuch gelesen habe, hatte ich schon den Eindruck, dass sie dich … dass ihr beide euch mögt.«

»Echt jetzt?« Er strahlt dich an. »Was schreibt sie denn genau dazu? Hat sie irgendwo erwähnt …«

»Hey!« Urplötzlich ist Paulines Kopf wieder vor dem Fenster aufgetaucht.

Ihr beide zuckt zusammen.

Lies weiter bei ▶ 2, Seite 145!

▶ 21

Du ziehst dir rasch etwas über, denn draußen ist es kalt. Du nimmst das Buch und gehst hinaus vor die Tür, öffnest die blaue Mülltonne, die fürs Altpapier reserviert ist. Die Tonne ist fast voll. Du wühlst in dem Wust aus zerkleinerten Kartons, leeren Verpackungen und alten Zeitungen, denn du willst Paulines geheime Aufzeichnungen nicht einfach obendrauf werfen, wo sie womöglich durch irgendeinen Zufall noch in falsche Hände geraten. Vielmehr vergräbst du das Tagebuch möglichst weit unten in der Tonne. Eine Zeitungsschlagzeile springt dir ins Auge: *Wer ist TOO HOT?*

Und eine zweite: *Klimaschutzmaßnahmen: Viel zu wenig, um das 1,5-Grad-Ziel zu erreichen.*

Du hältst kurz inne, dann deckst du Paulines Tagebuch sorgsam mit den Zeitungen zu, schließt die Tonne und gehst wieder hinein.

Erleichterung macht sich in dir breit. Aus der Sache bist du raus. Du hast der Versuchung widerstanden, dich in irgendwas Zwielichtiges hineinziehen zu lassen und bist damit jedem möglichen Ärger aus dem Weg gegangen. Jetzt kannst du in Ruhe deine Lieblingsserie gucken und dieses komische Tagebuch vergessen.

Vielleicht aber mischt sich in deine Erleichterung ein schaler Geschmack. Was wäre, wenn …? Du wirst es nie erfahren. Eigentlich. Denn im Leben kann man nicht einfach an den Anfang zurückspulen und sich noch mal neu entscheiden. Aber manchmal ändert man seine Meinung?

Wenn du es plötzlich bereust, dass du das Buch weggeworfen hast, kannst du es ja immer noch aus der Tonne wieder herausholen und doch die Handynummer von der letzten Seite wählen (weiter bei ▶ **32**, Seite 244). Wenn du dir hingegen sicher bist, dann lass das Buch, wo es ist (▶ **28**, Seite 236).

▶ 22

Du sagst: »Ich will mit der ganzen Sache einfach nichts zu tun haben. Am liebsten wäre mir ehrlich gesagt, wir wären uns nie begegnet.«

»Das tut mir leid«, antwortet sie. »Stimmt schon, es war nicht fair von mir, dich ungefragt mit meinem Kram zu belasten.«

»Ein Vorschlag«, sagst du. »Was hältst du davon, wenn ich das Buch einfach wegschmeiße? Vernichte? Und wir tun wirklich so, als hätten wir uns nie getroffen? Du vergisst einfach, dass dieses Tagebuch existiert hat, und ich vergesse, wer hinter TOO HOT steckt. Okay?«

»Hm«, macht sie. »Ja, okay. Es ist zwar schade um das Buch, aber ... Ja, es ist vermutlich besser so. Und ich danke dir sehr, dass du uns nicht verrätst. Weißt du – als ich dich heute in der Bahn gesehen habe – also, ich kenne dich ja nicht, weiß nichts über dich, aber irgendwie dachte ich, dass du ein Mensch bist, dem ich vertrauen kann.«

»Danke«, erwiderst du. Es berührt dich. Auf gleichzeitig angenehme und unangenehme Weise.

»Tja, dann«, sagt sie, »also, mach's gut. Und danke für deinen Anruf.«

»Kein Ding«, sagst du. Und eigentlich wolltest du noch was Freundliches hinterherschieben, etwas wie *Passt auf euch auf* oder *Geht bitte nicht zu weit mit euren Aktionen*, aber da ist die Verbindung schon beendet.

Wie geht es dir jetzt? Bist du erleichtert, dass du die Sache geklärt hast (▶ 46, Seite 282) oder hättest du gern noch weiter mit Pauline gesprochen, weil du es ja irgendwie doch auch gut findest, was sie tun – beziehungsweise weil du ihr ja das Buch wenigstens wieder zurückgeben könntest (▶ 40, Seite 269)?

▶ 23

Du gehst am Zaun entlang nach rechts und betrittst den Vorplatz der Waschanlage. Die Einfahrt ist nicht verschlossen, sondern steht offen wie ein hungriges Maul. Doch die riesenhaften runden Bürsten ruhen still und lassen ihre Borsten hängen, als würden sie schlafen. Das Gebäude reicht knapp bis an den Zaun heran, aber du kannst dich hindurchschlängeln.

Auf der Rückseite betrittst du einen anderen Hof, dort steht ein kleines Wohnhaus und daneben siehst du einen Hundezwinger. Dahinter steigt der von dichtem Gestrüpp bewachsene Bahndamm auf.

Als du vorsichtig weitergehst, wird in dem Hundezwinger etwas lebendig: ein riesiges schwarzes, zottelhaftes Ungetüm wetzt los, stimmt ein ohrenbetäubendes Gebell an und springt zähnefletschend am Gitter seines Zwingers hoch.

Entscheide dich schnell: Drehst du dich um und rennst zurück zur Straße (▶ 41, Seite 270), oder spurtest du los, an dem Zwinger vorbei und zum Bahndamm (▶ 10, Seite 177)?

▶ 24

Okay, du hast dich entschieden, Pauline zu versetzen. Und auch Sadiq und Vic. Du fühlst ein leises Bedauern, denn du hättest die drei zumindest gern mal kennengelernt. Aber wer weiß, in was du da hineingeraten wärst. Du löst das Fahrradschloss vom Laternenmast, steigst auf und fährst in die Abenddämmerung hinein.

Der Rucksack zieht an deinen Schultern. Als würde das Buch schwerer werden – was natürlich Quatsch ist. Doch was willst du damit tun? Du kannst es immer noch zur Polizei bringen (▶ **34**, Seite 247). Oder einfach wegschmeißen (▶ **44**, Seite 279).

Oder du entscheidest dich noch einmal um, wendest auf der Straße und kehrst zu der Lagerhalle zurück (▶ **41**, Seite 270)?

▶ 25

Du reibst deine Finger weiter aneinander, aber unauffällig hinter deinem Rücken. Pauline wendet sich ab, dreht sich zu der Regalreihe, die dir gegenüberliegt, und befühlt genau wie du die Paletten, die dort liegen.

»Ich glaub, das brennt wie Zunder«, sagt sie, »das wird mir jetzt wirklich zu heiß, und das meine ich nicht mehr als Witz, sondern ... Was zur Hölle!« Sie greift weiter hinein und hält plötzlich auch ein T-Shirt in Händen. »Das ist ja voller Spiritus!«

Sie fährt herum und streckt es Vic hin, wie eine Anklägerin, die ein Beweisstück präsentiert.

»Das hast du hier versteckt, oder?«, fragt sie.

Vic macht ein bemüht unschuldiges Gesicht, aber das nimmst du ihr nicht ab.

Niemand nimmt ihr das ab. Auch Sadiq nicht, denn er schaltet an seinem Handy die Taschenlampe ein, leuchtet auf der anderen Seite ins Regal hinein und zieht ein weiteres Shirt zwischen den Paletten hervor.

Jetzt musst du deinerseits auch nicht mehr heimlichtun.

»Hier ist auch eines«, sagst du.

»Shit, Vic!«, ruft Pauline. »Wie viele davon hast du hier denn noch versteckt?«

Sadiq setzt nach: »Komm schon, wir wissen, dass du das warst. Du hast den Schlüssel zu dieser Halle. Und du hast Zugang zu den Waren eurer Firma, du kannst so viele Shirts klauen, wie du willst. Wer außer dir soll das getan haben?«

Da hebt Vic die Augenbrauen und seufzt wie eine Lehrerin, die einem besonders dummen Kind die allereinfachsten Sachen zehnmal erklären muss.

»Ja, natürlich war ich das«, sagt sie. »Ich wollte einfach vorbereitet sein. Für den Fall, wie gesagt, dass wir uns umentscheiden.«

»Du bist ja völlig wahnsinnig, Vic!«, ruft Pauline.

»Stopp mal.« Sadiq hebt die Hände. »Wir klären das in Ruhe.« Er wendet sich an Vic. »Wir waren uns doch einig, dass wir keine Brandstifter sind. Und auf keinen Fall diese Halle abfackeln.«

»Na und?« Vic hat geschrien, du zuckst richtig zusammen. »Es brennt doch längst schon überall!« Ihre Stimme hallt von der hohen Decke wider. »Die Menschheit hat nur noch zwei, maximal drei Jahre Zeit, danach ist alles zu spät. Wir stehen doch längst an den Kipppunkten des Klimas, aber die Menschen schnallen es nicht, dass in ein paar Jahren halbe Kontinente unbewohnbar werden, dass Milliarden Menschen fliehen müssen, dass gewaltige

Kriege kommen werden, Kampf um Energie, Kampf ums Essen, nicht in Afrika, sondern überall, hier, bei uns ... Und ihr pisst euch jetzt wegen dieser beknackten Lagerhalle an, die keiner mehr braucht? Verdammt, Leute! Wir müssen die Menschen wachrütteln! Die Medien! Die Regierung! Die Wirtschaft! Die ... meine Eltern.«

»Und selbst wenn deine Eltern das Böse in Person wären«, sagt Sadiq, »ich will einfach kein Brandstifter sein, okay?«

»Ha!«, schreit Vic. Ihre Stimme überschlägt sich fast. »Wer sind denn die wahren Brandstifter? Das sind doch die Leute, die nichts tun, obwohl sie die Macht dazu hätten. Und wir? Wir haben keine Macht.« Plötzlich senkt sie die Stimme und fügt kaum hörbar hinzu: »Wir haben keine Macht. Aber ein Feuerzeug.«

Dann hält sie atemlos inne. Sieht euch an, wartet auf eure Reaktion.

Sie hat doch recht, oder?

Es braucht richtig krasse Maßnahmen, damit endlich was passiert, etwa nicht?

Was meinst du?

Oder findest du auch, dass Vic wahnsinnig geworden ist, übergeschnappt, irre, was auch immer – glaubst du, dass ihr sie stoppen müsst?

In die angespannte Stille hinein fragst du: »Wie viele von diesen Shirts hast du hier versteckt?«

»Weiß nicht«, sagt Vic leise. »Viele. Sehr viele. Überall.«

»Und die sind alle voller Spiritus?«, fragst du. »Eine gigantische Anordnung von Grillanzündern?«

Da grinst Vic. »Genau.«

»Ich will hier raus!«, entfährt es Pauline. Ihr Blick geht auf den Boden. Auf das Sturmfeuerzeug, das Vic dort abgelegt hat.

Vic ist Paulines Augenbewegung gefolgt. Schnell bückt sie sich ebenfalls, um das Feuerzeug wieder an sich zu bringen, bevor Pauline es ihr wegnehmen kann.

Die Person aber, die am allernächsten dran ist an dem Teil, bist du.

Als hätte jemand auf Pause gedrückt, bleibt die Welt für dich stehen, weil in einem Sekundenbruchteil die Gedanken durch deinen Kopf ballern: Vic hat doch recht, die anderen begreifen es nicht, müssen sie auch nicht, es zählt nur, dass überhaupt jemand was tut. Jetzt gerade steht es zwei gegen eins; Pauline und Sadiq gegen Vic – aber du bist ja auch noch da. Du bist plötzlich Teil von etwas Großem, du kannst zusammen mit Vic dieses Gebäude in Brand stecken und wirklich ein Zeichen setzen, das nicht mehr ignoriert werden kann. Du musst dir bloß erst mal das Feuerzeug schnappen, bevor Pauline es erwischt und Vics Plan verdirbt (▶ **3**, Seite 148).

Oder … nein! Das wäre doch kompletter Irrsinn. Dem Klima hilft es doch wirklich nicht, Feuer zu legen. Im Gegenteil werden sich dann eher viele Leute abwenden, weil ihnen das zu radikal ist. Und außerdem, selbst wenn –

wirklich wenn – das was bringen würde, die Halle abzufackeln, ist das Risiko viel zu groß, dass ihr euch selber in Gefahr bringt. Du musst schnell das Feuerzeug an dich nehmen, bevor Vic es erwischt (▶ 15, Seite 197).

▶ 26

Du klappst das Feuerzeug zu, und sofort sinkt wieder Dunkelheit auf euch herab.

Du sagst: »Ich glaube, Pauline mag dich schon sehr gern. Okay, am Anfang hat sie dich wohl eher doof gefunden. Aber du hast sie durch deine Aktionen ziemlich überrascht. Es kommt mir schon so vor, dass sie dich auch ein bisschen bewundert.«

Im Zwielicht kannst du Vics Gesicht nicht richtig sehen, aber es könnte sein, dass sie lächelt.

»Wofür bewundert Pauline mich?«

»Na ja, du ziehst krasse Sachen durch«, sagst du ganz offen zu ihr. »Du bist der Motor von TOO HOT. Ohne dich wären wir alle jetzt nicht hier.«

»Ja, aber ich denke, seit eben bewundert Pauline mich nicht mehr.« Vics Lächeln ist verschwunden.

»Vielleicht ja auch nur für den Moment«, wendest du ein. »Und da gibt es noch etwas, worüber Pauline geschrieben hat – leider bin ich nicht ganz schlau daraus geworden. Aber jetzt, wo ich dich persönlich kenne, kann ich dich ja direkt fragen.«

»Nämlich?«

Du räusperst dich, bevor du ansetzt: »Was ist das für ein Ding mit deinen Eltern? Du nimmst diese ganze Klimasache ja extrem persönlich. Da geht es nicht nur um das Klima und um die Welt; ja nicht mal nur um CheepTex, sondern irgendwie um deine Familie, oder?«

»Meine Eltern …« Plötzlich klingt Vics Stimme eisenhart. Sie knipst ihr Feuerzeug an, und kurz denkst du, sie will jetzt sofort die Halle abfackeln, aber anscheinend braucht sie nur etwas Licht, um dir direkt in die Augen zu sehen. »Meine Eltern haben mich niemals …«

Ein Knall von oben übertönt den Rest ihres Satzes, dann noch einer und noch einer, das Echo scheint von allen vier Wänden der Halle auf euch zurückzuschwappen. Überrascht seht ihr euch an, du und Vic, bis ihr begreift, dass der Krach von oben kommt, wo die Büros liegen. Offenbar befinden sich Pauline und Sadiq noch immer im Gebäude. Entweder haben sie die Strickleiter nicht gefunden, die Vic extra im Vorzimmer bereitgelegt hat. Oder sie haben sich entschieden, nicht einfach abzuhauen, sondern alles dranzusetzen, euch doch noch aufzuhalten.

Lies weiter bei ▶ **42**, Seite 271!

▶ 27

»Worauf wartest du?«, ruft Vic dir zu. »Komm mit nach oben.«

Du zögerst. Eigentlich gefiel dir diese Idee, wirklich mal ein richtig krasses Zeichen zu setzen. Aber es stimmt doch eigentlich, was Pauline sagt – dass TOO HOT dann nur noch eine Terror-Bande wäre. Vielleicht nicht wirklich, also nicht so, dass es Vic hier tatsächlich um Terror ginge. Aber viele Leute würden das vermutlich trotzdem genauso empfinden. Und sie würden sich abwenden. Selbst viele von denen, die bisher die Aktionen von TOO HOT gut gefunden haben. Und für den Kampf gegen den Klimawandel wäre es natürlich sehr schlecht, wenn dann überall wieder von »Klima-Spinnern« und so weiter die Rede wäre.

»Vic, komm zurück«, rufst du. »Es ist doch Wahnsinn. Sadiq und Pauline haben recht. Lass es uns hier beenden.«

»Vergiss es!«, schimpft Vic und klettert weiter. In der Dunkelheit ist sie nur noch als Schattenwesen zu erkennen.

Pauline legt dir einen Arm auf die Schulter. »Ich bin froh, dass du es dir noch einmal überlegt hast«, sagt sie. Du hörst echte Erleichterung in ihrer Stimme. »Es ist schon schwierig genug, wenn nur eine Person auf einmal völlig abdreht.«

Da schallt es auch schon von oben durch die Halle: »Besser, ihr verschwindet jetzt. Alle drei!«

Ihr legt die Köpfe in den Nacken und seht, wie auf der mittleren der drei Regalreihen, auf der obersten Etage, fast unter der Hallendecke, ein Licht aufflammt. Da steht Vic und stützt sich mit einer Hand an einem dicken Rohr ab, das in Höhe ihrer Schulter unter der Betondecke hängt. Du erkennst, dass viele dieser Rohre einen halben Meter unterhalb der Decke quer durch die ganze Halle verlaufen – vielleicht für die Lüftung oder so. In der anderen Hand hält sie wieder das Feuerzeug.

»Haut ab!«, schreit Vic. »Ich werde hier alles in Schutt und Asche legen. Bringt euch in Sicherheit.«

»Und was ist mit dir?«, schreit Sadiq zurück.

»Ist nicht mehr eure Sache!«

»Shit, die bringt sich am Ende noch selber um«, schimpft Pauline mit unterdrückter Stimme. »Wir müssen sie da irgendwie runterholen!«

Du musterst das Stahlungetüm vor dir. Die einzelnen Regalfächer sind nicht so hoch, es dürfte ziemlich einfach sein, dort hochzuklettern.

Willst du es tun? Hochklettern und mit ihr reden?

Vielleicht hört sie ja auf dich noch am ehesten. Wirst du es wagen (▶ 19, Seite 216) oder lieber erst mal abwarten (▶ 29, Seite 237)?

▶ 28

Manchmal ist es eben besser, sich nicht in anderer Leute Sachen einzumischen.

Klar, der Kampf gegen den Klimawandel ist nicht nur die Sache anderer Leute; das geht alle was an, auch dich. Aber mit solchen Methoden willst du nichts zu tun haben.

Bloß wirst du in den kommenden Tagen keine Zeitung anfassen und auf Social Media keine News aus deiner Stadt verfolgen. Denn was immer in dieser Halle passieren wird, ob dort nur ein T-Shirt verbrennt oder ein ganzes Gebäude – es hat nichts mit dir zu tun, du hast nichts damit zu schaffen.

Darüber bist du echt froh.

ENDE.

▶ 29

»Letzte Warnung!«, ruft Vic.

Irgendwie fragst du dich, ob sie das nur auf euch drei bezieht oder auf die ganze Welt. TOO HOT. Alle Klimaziele sind verfehlt, der Planet wird brennen. Wie in Zeitlupe siehst du, dass Vic die Hand öffnet, das brennende Feuerzeug herausgleitet und fällt. Es brennt weiter, es ist ein Sturmfeuerzeug, es brennt und fällt, fällt durch die Gitterböden der Regalfächer hindurch nach unten, es dreht sich dabei um sich selbst und wird mit einem dumpfen Plopp von einer der Paletten in den unteren Regalfächern verschluckt. Einen winzigen Augenblick lang geschieht gar nichts, dann wallt eine Flamme empor, die sich rasch ausbreitet. Hitze schießt euch entgegen. Und Vic steht oben auf dem Regal und starrt wie versteinert auf das Feuer hinab.

»Vic! Runter!« Ihr schreit alle drei durcheinander.

Sadiq läuft zum Ende des Regals, das von den Flammen am weitesten entfernt ist, und beginnt hochzuklettern. Anscheinend will er Vic persönlich von oben holen, denn die ist immer noch komplett paralysiert.

Er klettert sehr schnell, hat sie bald erreicht, du siehst sie miteinander diskutieren.

»Runter, Leute!« Pauline muss brüllen, um das Fauchen der Flammen zu übertönen.

Das Feuer hat diese hinterste Reihe von Paletten noch nicht erreicht, aber es nähert sich, die Flammen züngeln von einem Regalfach zum nächsten, sie kommen dir wie Raubtiere vor, die immer wieder geduckt zum Sprung ansetzen, bevor sie losschnellen, ihre Funken sprühenden Krallen in alles schlagen, was nicht aus Metall ist. Die Hitze scheint dir die Haut aus dem Gesicht zu dampfen.

Endlich laufen Sadiq und Vic oben über den Gitterboden des Regals bis zum schmalen Ende und beginnen herunterzuklettern.

Pauline steht neben dir und murmelt: »Shit, das wird so was von knapp.«

Die Flammen mit ihren Raubtiersprüngen haben Vic und Sadiq fast erreicht. Und plötzlich siehst du, wie Vics Füße abrutschen. Sie tritt ins Nichts, hält sich noch eine Sekunde lang mit den Händen fest, dann fällt sie, und bevor du versuchen kannst, sie aufzufangen, knallt sie auf den Boden. Du bist sofort bei ihr, kniest dich neben sie. Du kannst nicht sagen, ob sie verletzt ist, sie stammelt: »Das können die nicht mehr ignorieren. Jetzt müssen die sich endlich mit mir auseinandersetzen.«

Du ahnst, dass sie von ihren Eltern spricht. Und das wäre bestimmt ein sehr interessantes Gesprächsthema –

wenn nicht gerade alles um euch herum in Flammen aufgehen würde. Ihre Augen flattern, und dir wird mit einem Schrecken klar, dass sie dabei ist, das Bewusstsein zu verlieren.

Da hörst du einen gellenden Schrei von Sadiq. Du springst auf und siehst, dass der Ärmel seiner Jacke Feuer gefangen hat. Panisch wedelt er mit dem Arm durch die Luft, Funken fliegen um ihn herum.

»Wir brauchen was, um die Flammen zu ersticken!«, ruft Pauline.

Vielleicht fällt dir ja ein, dass du vorhin in dem Abstellraum Wolldecken gesehen hast? Die könnten jetzt helfen. Kannst du dich erinnern, wie viele das waren? Dann lies weiter bei dem Abschnitt, der genau diese Zahl trägt. Andernfalls lies weiter bei ▶ 13, Seite 191.

▶ 30

Du sagst: »Ich verstehe irgendwie schon, dass ihr keinen anderen Ausweg seht, euch gegen die ganze Klimasache zu wehren, gegen die ganze Klima…scheiße.« Du musst über deine eigene Wortwahl lachen. Und du merkst, dass es guttut. Also *Scheiße* zu sagen. Und zu lachen. Beides.

Pauline lacht auch. Sie klingt ein wenig erleichtert.

»Gegen die Gleichgültigkeit in der Politik und gegen den ganzen Konsumdruck und so weiter«, fährst du fort. »Und auch, wenn ich nicht unbedingt eure Methoden mag, bewundere ich euren Mut. Ich weiß nicht, ob ich mich so etwas trauen würde – ganz unabhängig davon, ob ich das überhaupt wollen würde oder nicht.«

»Nun«, sagt Pauline und räuspert sich, »du könntest versuchen, das herauszufinden. Also, ob du dich das trauen würdest. Und ob du es nicht doch magst.«

»Was, wer, ich?« Du musst schon wieder lachen. »Ist das gerade ernsthaft ein Angebot von dir? Du willst mich fragen, ob ich bei TOO HOT einsteige?«

»So direkt hab ich das nicht gemeint«, widerspricht Pauline. »Aber – ja, das wäre eine Möglichkeit. Vielleicht könnten wir uns ja einfach erst mal treffen und quatschen. Das wäre sicher entspannter als am Handy. Und du könntest mir bei der Gelegenheit mein Tagebuch zurückgeben, damit ich es an einem sicheren Ort verstecken kann. Und außerdem könntest du vielleicht wirklich bei uns mitmachen. Ich müsste natürlich erst mal Vic und Sadiq fragen, was die dazu sagen. Wir haben bei TOO HOT noch nie jemanden aufgenommen. Es hat ja auch bisher noch niemand außer uns davon gewusst. Ich hab es nicht mal meiner besten Freundin erzählt.«

»Aischa?«, fragst du.

»Woher weißt du ... ach, klar. Du hast ja alles gelesen.«

Kurz tut es dir leid, dass du den Namen eingeworfen hast, weil Pauline dadurch nochmals bewusst geworden ist, wie viel du nun über ihr Leben weißt.

Aber Pauline sagt: »Ja, eigentlich drängt sich das beinahe auf. Du kennst unsere ganze Geschichte. Praktisch gehörst du bereits zu uns.«

Tja, stimmt das? Spürst du ein gewisses Kribbeln bei dem Gedanken, dass du dich theoretisch TOO HOT anschließen könntest? Macht es dich neugierig? Dann lies weiter bei ▶ 1, Seite 143. Oder du bist dir ziemlich sicher, dass du auf keinen Fall irgendwas zusammen mit TOO HOT starten willst? Sondern dich einfach so mal nett mit Pauline treffen würdest, um ihr das Buch zu geben und ein bisschen über Klima-Aktivismus und über den Rest des Lebens zu quatschen, dann lies weiter bei ▶ 8, Seite 169.

▶ 31

Du steigst über den Zaun und gehst zwischen den Reihen der Wohnmobile hindurch. Alle Vorhänge sind zugezogen und eigentlich kannst du dir denken, dass nirgendwo Menschen drinsitzen. Die Fahrzeuge sind hier abgestellt und warten vermutlich darauf, gekauft oder gemietet zu werden, wenn die nächste Reisesaison beginnt. Trotzdem hat es was Unheimliches an sich. Immer wieder bleibst du kurz stehen und lauschst, weil es dir vorkam, als hättest du ein Geräusch gehört. Oder als hätte sich hinter einer der Gardinen etwas bewegt. Aber da ist nichts.

Du gehst weiter und siehst, dass kein Zaun die Rückseite des Grundstücks begrenzt. Dort beginnt einfach der von Gestrüpp überwucherte Bahndamm anzusteigen.

Du läufst darauf zu, als plötzlich eine Männerstimme über den Platz dröhnt: »Hey, ist da noch jemand?«

Du hältst augenblicklich inne und drehst den Kopf hin und her. Durch eine Gasse zwischen den Wohnmobilen erkennst du irgendwo links von dir einen Baucontainer, wo anscheinend ein Büro untergebracht ist. Davor steht ein Mann im Unterhemd, schüttelt drohend den Zeigefinger und brüllt: »Wie viele seid ihr eigentlich? Haut sofort ab, ihr Mistkröten! Sonst rufe ich die Polizei!«

Und jetzt? Entscheide dich schnell! Flüchtest du zurück zur Straße (▶ 41, Seite 270) oder rennst du Richtung Bahndamm los, um dort im Gestrüpp unterzutauchen (▶ 10, Seite 177).

▶ 32

Du tippst die Nummer aus dem Tagebuch in dein Handy.

Es tutet nur ein einziges Mal.

»Hallo?« Eine Mädchenstimme. Gehetzt.

»Pauline Hagenbusch?«, fragst du.

»Ja. Wer ist da?«

Komisch, ihre Stimme zu hören. Du kennst zwar aus dem Tagebuch ihre Erlebnisse während der letzten Wochen, du kennst ihre innersten Gedanken, aber es war doch eher so wie bei einer Figur aus einer Serie oder einem Roman. Jetzt plötzlich ist sie in echt am Telefon.

»Wer ist denn da?«, fragt sie wieder. Du hörst ihren flachen Atem, als wäre sie gerade einen Marathon gelaufen.

»Guten Abend, Pauline«, sagst du und nennst deinen Namen. »Ich bin die Person, der du heute in der Straßenbahn dein Tagebuch zugesteckt hast.«

»O, wow, ich hab die ganze Zeit … Danke, dass du dich meldest, ich war … Ich meine: Es war eine totale Kurzschlussreaktion von mir. Ich weiß schon gar nicht mehr, was mich getrieben hat. Es war nur so … Ich bin plötzlich total in Panik geraten, als ich die Kontrolleure gesehen hab, ich hab richtig die Nerven verloren, weil ... Das ist echt 'ne lange Geschichte.«

»Ja, ich weiß«, sagst du. »Ich hab alles gelesen.«

Du hörst, wie Pauline am anderen Ende schluckt. »Klar«, murmelt sie dann. »Hätte ich an deiner Stelle wohl auch. Allein schon, um zu verstehen, was ...«

»Ja«, sagst du.

Einen Moment lang herrscht Stille.

Pauline holt Luft. Dann fragt sie kaum hörbar: »Was wirst du jetzt tun?«

»Ehrlich gesagt, keine Ahnung«, gibst du zu. »Du hast mich da in was reingezogen, wo ich ...«

Du stockst. Was ist denn dein Gefühl dazu, jetzt im Moment?

Du könntest ihr ja ins Gewissen reden, weil du echt nicht richtig findest, was sie und die beiden anderen getan haben – und vielleicht noch tun werden; dann lies weiter bei ▶ **38**, Seite 261. Oder du hast eigentlich Verständnis für Pauline – sowohl für ihre doofe Situation jetzt gerade, als auch für die Aktionen von TOO HOT – und möchtest sie erst einmal etwas beruhigen; dann lies weiter bei ▶ **45**, Seite 281.

▶ 33

»Ich glaub, das wär nicht okay, wenn ich so Sachen ausplaudere«, erwiderst du leise. »Dass sie mir das Tagebuch zugesteckt hat, war ja ein Notfall. Sie fände es bestimmt nicht gut, wenn ich hier jetzt intime Details herumerzähle.«

»Intime Details?«, wiederholt Sadiq und strahlt dich an. »Also hat sie tatsächlich was über mich …«

»Hey!« Urplötzlich ist Paulines Kopf wieder vor dem Fenster aufgetaucht.

Ihr beide zuckt zusammen.

Lies weiter bei ▶ 2, Seite 145!

▶ 34

Das Polizeipräsidium deiner Stadt ist gar nicht so weit von dem Industriegebiet entfernt. Mit dem Rad bist du in einer knappen Viertelstunde dort.

Auf dein Klingeln hin öffnet sich die Tür, und du betrittst einen Vorraum. Hinter einer Glasscheibe sitzt eine Polizeibeamtin, den Blick auf einen Bildschirm geheftet. Ohne aufzusehen, sagt sie: »Ja, bitte?«

»Ich will was abgeben«, sagst du und denkst im selben Moment, dass es das nicht ganz trifft. Es ist ja nicht so, dass du einen verlorenen Hausschlüssel gefunden hast oder ein Portemonnaie.

Du räusperst dich und setzt hinzu: »Es geht um eine Gruppe namens TOO HOT.«

Da löst sich die Beamtin von ihrem Bildschirm und schaut dich an. »Etwas abgeben?«

»Ja. Ein Tagebuch.«

»Kommen Sie bitte herein.«

Die Frau drückt einen Knopf, die nächste Tür summt, und dann betrittst du das Büro. Sie bietet dir einen Sitzplatz an. Du holst Paulines Buch aus der Tasche und legst es auf den Tisch. Die Polizistin nimmt es und blättert es auf. Du spürst einen kurzen Stich. Pauline hat dir vertraut ... Aber was du hier tust, ist doch auch zu Paulines eigenem Schutz. Findest du.

Du erzählst also, wie das Buch in deinen Besitz gelangte, und berichtest in groben Zügen, was du gelesen hast. Die Polizistin legt das Buch zur Seite, zieht die Tastatur ihres Rechners heran und beginnt zu tippen. Offenbar nimmt sie deine Aussage zu Protokoll.

Als du erwähnst, dass Victoria Barkhausen, die künftige Firmenerbin von CheepTex, zu TOO HOT gehört, vielleicht sogar die treibende Kraft ist, runzelt die Polizistin die Stirn, sagt aber nichts. Sie unterbricht dich kein Mal, schreibt alles auf, bis dir nichts mehr einfällt.

Schließlich schaut sie dich freundlich an und sagt: »Es ist gut, dass Sie damit gleich zu uns gekommen sind.«

Ein Blatt Papier erscheint im Drucker, sie nimmt es heraus und legt es vor dich hin. »Hier habe ich Ihre Aussage aufgeschrieben, bitte lesen Sie sich das kurz durch.«

Die Beamtin lächelt aufmunternd.

Du findest sie eigentlich ziemlich sympathisch, aber dass sie dich ständig mit »Sie« anredet, lässt dich trotzdem ein klein bisschen frösteln. Vielleicht ist auch einfach nur die Heizung der Polizeiwache aus. Um Energie zu sparen.

»Wenn alles stimmt, bitte hier unterschreiben.« Sie tippt auf einen Strich am unteren Rand. »Weil Sie minderjährig sind, schicken wir Ihren Eltern eine Kopie. Bestimmt haben Sie denen eh schon alles erzählt, oder?«

Du nickst abwesend, während du den Text mit deiner Aussage überfliegst. Es liest sich seltsam emotionslos, aber das soll es ja auch sein. Eine Zeugenaussage für eine Akte.

Du unterschreibst und verabschiedest dich.

Auf dem Heimweg siehst du noch einmal Paulines Gesicht vor deinem inneren Auge. Sie wäre ohne Frage sehr enttäuscht von dir. Aber du bist sicher, dass du richtig gehandelt hast. Würden die drei am Ende doch noch die ganze Lagerhalle anzünden, und würden dabei Menschen verletzt werden oder, wer weiß, sogar sterben – dann würdest du dir das ewig vorwerfen. Und vielleicht hast du ja Pauline soeben davor bewahrt, einen schrecklichen Fehler zu begehen.

Am Heck eines parkenden Autos fällt dir ein Aufkleber auf. Eine Strichmännchenfamilie, unter den Figuren steht: Mama, Papa, Mette, Mats, Eumel.

Aus irgendeinem Grund musst du lächeln. Warum, ist dir selbst nicht klar.

ENDE.

▶ 35

Du stupst Vic an. »Wir müssen da rüberklettern.«

Sie hebt ganz langsam den Kopf, schaut aber an dir vorbei und murmelt: »Das können die nicht mehr ignorieren. Jetzt müssen die sich endlich mit mir auseinandersetzen.«

Du ahnst, dass sie von ihren Eltern spricht. Und das wäre bestimmt ein sehr interessantes Gesprächsthema – wenn ihr nicht gerade kurz davor wärt, lebendig auf diesem Hochregal geröstet zu werden. Obwohl das Feuer viele Etagen unter euch wütet, wallt die aufgeheizte Luft um euch herum und der Rauch beißt dir in die Augen, in die Nase, in den Hals. Du packst Vic an den Schultern und schüttelst sie. Gleichzeitig musst du aufpassen, nicht von dem Gitter abzurutschen, auf dem ihr steht. »Wir müssen da rüber«, schreist du sie an. »Jetzt sofort.«

Endlich erwidert sie deinen Blick, sieht fast ein bisschen verwundert aus, als wüsste sie im Moment gar nicht, wer du bist und wo du herkommst. Dann schaut sie zu dem Rohr zwischen euch.

»Das schaff ich nicht.«

»Doch, wir schaffen es zusammen«, beschwörst du sie. »Du bist hier hochgeklettert wie ein Profi, ich bin kaum hinter dir hergekommen. Das schaffst du locker. Oder willst du hier sterben?«

Das Wort klingt verrückt in deinen eigenen Ohren. Sterben. Ja, verdammt, ihr seid in Lebensgefahr! Eine irrsinnige Angst greift nach dir, die dir seltsamerweise zugleich einen harten Energiestoß versetzt. Du würdest dich vermutlich unter anderen Umständen niemals trauen, auf dieses Rohr zu klettern und darüberzukriechen, geschätzte zehn Meter über dem Boden. Aber jetzt weißt du, dass es geht.

Dass es gehen muss.

Vielleicht empfindet Vic ähnlich, denn sie strafft sich. »Okay.« Und dann beginnt sie, sich an dem Rohr hochzuziehen. Es klappt. Bei dir auch. Du klammerst dich mit beiden Armen und beiden Beinen an das Metall und robbst ganz langsam vorwärts, hinter Vic her.

Nicht nach unten sehen, sagst du dir – machst du aber eh nicht, weil du dein Gesicht irgendwie von dem beißenden Rauch wegdrehen willst. Die Regale stehen ja gar nicht so weit auseinander, sagst du dir, um dir selbst Mut zu machen. Und tatsächlich, die Hälfte habt ihr schon geschafft. Jetzt schon fast zwei Drittel.

Da siehst du, dass Vic in Schieflage gerät. »Ich rutsche!«, schreit sie, du hörst schiere Verzweiflung in ihrer Stimme. »Ich kann mich nicht mehr halten.«

Du robbst auf sie zu, willst ihr irgendwie helfen, weißt aber überhaupt nicht wie, du versucht, nach ihrem linken Fuß zu greifen, doch sobald du eine Hand von dem Rohr nimmst, gerätst du selbst ins Rutschen.

»Gib mir deine Hand, Vic!« Das warst nicht du, nicht deine Stimme.

Sondern die von Pauline! Sie steht auf der obersten Etage des anderen Hochregals und streckt beide Arme nach Vic aus. Die Mädchen bekommen einander irgendwie zu fassen, und Pauline zieht Vic zu sich herüber. Mit letzter Kraft kriechst du hinterher, erreichst das andere Regal und lässt dich einen Moment lang völlig ermattet auf dem Gitter nieder.

»Schnell runter«, sagt Pauline. Eigentlich ist es mehr ein Krächzen, auch sie hat Rauch in die Lunge gekriegt, das Atmen fällt euch schwer, ihr habt überhaupt keine Zeit, euch auszuruhen. Die ganze Halle füllt sich mehr und mehr mit schwarzem Qualm, der rund um das brennende Hochregal in tiefen Orangetönen flackert und wabert.

Ihr klettert hinab. Der Abstieg kommt dir viel schwieriger vor. Auch, weil deine Arme und Beine total zittern. Vic geht es auch so, sie ist direkt über dir und du siehst, dass sie immer mehr Probleme hat, mit ihren Füßen Halt an den Gitterstäben des Regals zu finden. Es sind nur noch drei oder vier Etagen, da passiert es: Vic rutscht mit dem Fuß ab, der andere Fuß tritt ins Nichts, sie hält sich noch eine Sekunde lang mit den Händen fest, dann fällt sie.

Stürzt an dir vorbei, ohne dass du irgendwas tun kannst, und knallt auf den Boden.

So schnell es irgendwie geht, klettert ihr beiden, Pauline und du, nach unten. Sadiq ist schon bei Vic und kniet über ihr. Als ihr endlich wieder den festen Beton unter den Füßen habt, geben deine Knie nach, die ganze Angst entlädt sich, und du sackst zusammen. Du schnappst nach Luft. Hier unten geht das Atmen besser, denn der Rauch steigt nach oben.

»Scheiße, sag was!« Sadiq schreit Vic an. »Mach die Augen auf!« Er schreit gegen das Fauchen der Flammen und gegen die eigene Verzweiflung an. Vic regt sich nicht. Sadiq beugt seinen Kopf zu ihrem hinab und legt sein Ohr auf ihren Mund. »Sie atmet«, ruft er und beginnt, ihre Hosentaschen abzutasten.

Erst verstehst du nicht, was das soll, doch dann hält er einen Schlüssel in der Hand. Du kommst wieder auf die Beine. Sadiq wirft dir den Schlüssel zu, und du fängst ihn auf.

»Öffne die Tür, schnell«, schreit er.

»Habt ihr die Feuerwehr gerufen?«, schreist du zurück.

»Vorhin schon. Und jetzt los!«

Du spürst, wie die Kraft in deine Beine zurückkommt – gleich seid ihr hier raus. Alles wird gut. Du rennst zu der eisernen Hintertür, steckst den Schlüssel ins Schloss und willst ihn drehen. Er bewegt sich nicht das kleinste bisschen. Das kann doch nicht wahr sein, was für ein

Albtraum! Du rüttelst an der Klinke, bollerst gegen das Metall der Tür, drehst mit aller Gewalt den Schlüssel, bis er plötzlich nachgibt. Aber nicht, weil sich das Schloss geöffnet hat. Entsetzt starrst du auf das abgebrochene Stück in deiner Hand. Darauf steht eine Zahl, 23. Offenbar der falsche Schlüssel, der richtige steckt vermutlich ins Vics anderer Hosentasche. Aber jetzt wäre er sowieso nutzlos. Denn der Rest von dem abgebrochenen Schlüssel steckt bombenfest im Schloss. Den kriegst du da nicht raus. Das Schloss ist blockiert.

Du drehst dich um und siehst Pauline und Sadiq auf dich zukommen. Beide haben die bewusstlose Vic in ihrer Mitte, haben sich jeweils einen ihrer Arme um die Schultern geworfen und ziehen sie mit sich, ihre Füße schleifen über den Boden, als wäre sie eine Puppe.

»Was ist?«, schreit Pauline. »Öffne die Tür!«

In abgehackten Worten erklärst du den beiden die Situation.

»Dann müssen wir in das Büro, wo sie uns vorhin eingeschlossen hat«, ruft Sadiq. »Und durchs Fenster raus.«

»Das geht nicht«, widerspricht Pauline. »Selbst wenn wir Vic irgendwie die Treppe raufschleppen, kann sie doch nicht an der Strickleiter runterklettern. Wir können sie schlecht aus dem Fenster werfen.«

»Immer noch besser, als wenn sie hier drin erstickt«, meinst du. Da fällt dir etwas anderes ein. »Ihr musstet doch neulich schon einmal aus dieser Halle abhauen«, sagst du. »Da seid ihr aus dem Toilettenfenster geflohen, richtig?«

»Ja, aber mit Mühe und Not«, sagt Pauline. »Ich glaub nicht, dass wir Vic bewusstlos da durchgeschoben kriegen.«

»Scheiße, dass wir keinen Strom haben!«, ruft Sadiq. »Sonst könnten wir irgendwie das Rolltor öffnen.«

Da zeigt Pauline mit der freien Hand auf den Gabelstapler, der immer noch mitten im Gang steht. Zwischen den Rauchschwaden ist er schemenhaft zu erkennen.

»Könnten wir mit dem Ding das Tor durchbrechen? Was meint ihr?«

»Das geht bestimmt«, meint Sadiq. »Aber ohne Zündschlüssel fährt der wohl nicht.«

Kann es sein, dass dir an dieser Stelle eine Idee kommt? Ist da in deinem Gedächtnis vielleicht sogar eine Zahl in Verbindung mit dem Zündschlüssel für diesen Gabelstapler? Dann blättere schnell zu dem Abschnitt, der genau diese Zahl trägt.

Falls da keine Zahl in deinem Kopf ist, lies weiter bei ▸ 7, Seite 167.

▶ 36

»Weiß nicht so genau«, wehrst du ab. »Ich hab das Tagebuch ja mehr so überflogen, nicht so richtig intensiv alles gelesen. Außerdem fänd ich gut, wenn wir hier weitermachen. Uns unterhalten können wir ja später noch.«

»Stimmt«, sagt Vic und will sich dem Regal zuwenden, doch dann hält sie inne und macht einen Schritt in deine Richtung. »Aber eins will ich gern wissen.«

Unwillkürlich klappst du das Feuerzeug zu, und sofort sinkt wieder Dunkelheit auf euch herab.

»Schreibt sie was über mich und meine Eltern?«, fragt Vic scharf.

Du weichst ein Stück zurück.

»Nichts ... Konkretes«, antwortest du. Klingt ausweichend, aber eigentlich stimmt es ja. Soweit du dich erinnerst, hat Pauline bloß geschrieben, dass sie auch nicht schlau daraus wird, warum Vic es so derart auf die Firma ihrer Eltern abgesehen hat – also eigentlich auf die Eltern selbst.

»Na ja, ehrlich gesagt«, du räusperst dich, bevor du weitersprichst, »hab ich mich selbst auch schon gefragt, was das für ein Ding mit deinen Eltern ist. Du nimmst diese ganze Klimasache ja extrem persönlich. Da geht es nicht nur um das Klima und um die Welt; ja nicht mal nur um CheepTex, sondern irgendwie um deine Familie, oder?«

»Meine Eltern ...« Plötzlich klingt Vics Stimme eisenhart. Sie knipst ihr Feuerzeug an, und kurz denkst du, sie will jetzt sofort die Halle abfackeln, aber anscheinend braucht sie nur etwas Licht, um dir direkt in die Augen zu sehen. »Meine Eltern haben mich niemals ...«

Ein Knall von oben übertönt den Rest ihres Satzes, dann noch einer und noch einer, das Echo scheint von allen vier Wänden der Halle auf euch zurückzuschwappen. Überrascht seht ihr euch an, du und Vic, bis ihr begreift, dass der Krach von oben kommt, wo die Büros liegen. Offenbar befinden sich Pauline und Sadiq noch immer im Gebäude. Entweder haben sie die Strickleiter nicht gefunden, die Vic extra im Vorzimmer bereitgelegt hat. Oder sie haben sich entschieden, nicht einfach abzuhauen, sondern alles dranzusetzen, euch doch noch aufzuhalten.

Lies weiter bei ▶ **42**, Seite 271!

▶ 37

Du stupst Vic an. »Wir müssen runterklettern«, beschwörst du sie. »Jetzt sofort!«

Sie hebt ganz langsam den Kopf, schaut aber an dir vorbei und murmelt: »Das können die nicht mehr ignorieren. Jetzt müssen die sich endlich mit mir auseinandersetzen.«

Du ahnst, dass sie von ihren Eltern spricht. Und das wäre bestimmt ein sehr interessantes Gesprächsthema – wenn ihr nicht gerade kurz davor wärt, lebendig auf diesem Hochregal geröstet zu werden. Obwohl das Feuer viele Etagen unter euch wütet, wallt die aufgeheizte Luft um euch herum und der Rauch beißt dir in die Augen, in die Nase, in den Hals. Du packst Vic an den Schultern und schüttelst sie. Gleichzeitig musst du aufpassen, nicht von dem Gitter abzurutschen, auf dem ihr steht. »Komm mit, nach unten!«

Endlich erwidert sie deinen Blick, sieht fast ein bisschen verwundert aus, als wüsste sie im Moment gar nicht, wer du bist und wo du herkommst. Dann löst sie sich aus ihrer Starre und folgt dir zum schmalen Ende der Regalreihe, die am weitesten vom Feuer entfernt zu sein scheint. Der Abstieg kommt dir viel schwieriger vor. Auch, weil deine Arme und Beine total zittern. Die Flammen haben diese hinterste Reihe von Paletten noch nicht erreicht, aber sie nähern sich, sie züngeln von einem Regalfach zum nächsten, sie kommen dir wie Raubtiere vor, die immer wieder geduckt zum Sprung ansetzen, bevor sie losschnellen, ihre Funken sprühenden Krallen in alles schlagen, was nicht aus Metall ist. Die Hitze scheint dir die Haut aus dem Gesicht zu dampfen.

»Beeil dich, Vic!«, rufst du.

Sie ist direkt über dir und du siehst, dass sie immer mehr Probleme hat, mit ihren Füßen Halt an den Gitterstäben des Regals zu finden.

»Komm schon, Vic!«

Es sind nur noch drei oder vier Etagen, aber sie klammert sich fest und bewegt sich keinen Zentimeter weiter.

»Ich kann nicht mehr!«, stöhnt sie.

»Ich helfe euch!« Das ist die Stimme von Sadiq. Er kommt von unten heraufgeklettert, steigt an dir vorbei hoch zu Vic, spricht beruhigend auf sie ein, versucht eine ihrer Hände zu nehmen.

Du steigst vorsichtig weiter hinab, erreichst den Boden und siehst, dass Vic und Sadiq langsam auf dem Weg nach unten sind.

Pauline steht neben dir und murmelt: »Shit, das wird so was von knapp.«

Die Flammen mit ihren Raubtiersprüngen haben Vic und Sadiq fast erreicht. Plötzlich schreit Sadiq auf, dann siehst du, dass der Ärmel seiner Jacke Feuer gefangen hat. Auch Vic schreit auf vor Schreck, dabei rutscht sie mit dem Fuß ab, der andere Fuß tritt ins Nichts, sie hält sich noch eine Sekunde lang mit den Händen fest, dann fällt sie, und bevor du versuchen kannst, sie aufzufangen, knallt sie auf den Boden. Sadiq wedelt panisch mit seinem brennenden Ärmel durch die Luft.

»Wir brauchen was, um die Flammen zu ersticken!«, ruft Pauline.

Vielleicht fällt dir ja ein, dass du vorhin in dem Abstellraum Wolldecken gesehen hast? Die könnten jetzt helfen. Kannst du dich erinnern, wie viele das waren? Dann lies weiter bei dem Abschnitt, der genau diese Zahl trägt. Andernfalls lies weiter bei ▶ 13, Seite 191.

▶ 38

»Du hast mich da in was reingezogen«, setzt du nochmals an und spürst, dass du echt wütend wirst. »Ich weiß jetzt Dinge über euch drei, die ich echt lieber nicht wüsste. Ich finde ja auch, dass man was gegen den Klimawandel machen muss. Aber eure Methoden sind einfach kriminell.«

»Ja, das sind sie«, sagt Pauline leise. »Darum hab ich ja so dermaßen Schiss gekriegt, heute in der Bahn. Schlechtes Gewissen halt. Aber das kann ich nicht mehr rückgängig machen.« Ihre Stimme wird fester. Du kannst fast hören, wie sich ihr Körper strafft. »Okay«, sagt sie, »wenn du zur Polizei gehen willst, ist das dein gutes Recht. Ich würde dich nicht dafür verurteilen. Ich bin bereit, zu allem zu stehen, was wir getan haben.«

Das überrascht dich. Oder auch nicht, eigentlich passt ihre Reaktion zu dem, was du über sie gelesen hast.

Und du?

Entscheidest du dich tatsächlich, zur Polizei zu gehen (▶ 14, Seite 195)? Oder bist du eigentlich eher auf Paulines Seite (▶ 30, Seite 240)? Oder willst du dich doch lieber ganz raushalten (▶ 22, Seite 222)?

▶ 39

Die Erinnerung an die brennende Halle kommt dir unendlich weit weg vor und zugleich so nah, als würde im nächsten Moment das Regal hinter dir in Flammen aufgehen. Aber das Regal hinter dir brennt nicht, es ist auch kein Hochregal, sondern einfach nur Teil der Dekoration in dem Café, wo du mit Pauline, Vic und Sadiq bei einem Kakao zusammensitzt.

Drei Tage sind vergangen, und es ist das erste Mal, dass ihr euch alle vier wiederseht, seit ihr aus dem Krankenhaus entlassen wurdet. Dort hatte man euch nach eurer Rettung für vierundzwanzig Stunden *unter Beobachtung gehalten*. Zur Sicherheit. Aber eure leichte Rauchvergiftung ist ohne Probleme abgeklungen. Vic hatte von ihrem Sturz eine fette Gehirnerschütterung davongetragen, die auch bereits wieder ausgestanden ist. Sie kann sich nur noch bruchstückhaft erinnern, was alles in der Halle geschehen ist. Sagt sie jedenfalls.

Pauline und Sadiq erinnern sich dafür umso besser. Du weißt nicht, was genau zwischen den beiden seit Samstag geschehen ist, aber du kannst es dir denken. Sie halten die ganze Zeit im Café Händchen und werfen sich immer wieder verliebte Blicke zu.

Dass sie wohl jetzt ein Pärchen sind, ist nicht die einzige Veränderung seit dem Brand in der Halle. Im Grunde ist alles anders geworden für euch, denn in den Medien sind Fotos von euch aufgetaucht, es kamen Berichte im Fernsehen – nicht im Lokal-TV, sondern bundesweit! Alle wissen nun, welche drei Jugendlichen hinter der mysteriösen Gruppe TOO HOT stehen. Beziehungsweise – welche vier Jugendlichen, denn in den Berichten der Medien wirst du einfach mit dazugezählt. Und im Moment bist du ziemlich überfordert von alledem. Bei dir zu Hause hat es natürlich ein riesengroßes Tohuwabohu gegeben, als das Krankenhaus Samstagabend deine Eltern anrief und darüber informierte, dass du soeben mit Rauchvergiftung eingeliefert worden bist ... Und dass die Polizei dich vernehmen wird, weil der Verdacht der *besonders schweren Brandstiftung* im Raum steht. In deiner Familie herrscht eine Mischung aus Schrecken, Vorwürfen, auf was du dich da eingelassen hast, aber auch großer Erleichterung, weil letztlich niemandem etwas passiert ist. Auch die mögliche Strafanzeige ist inzwischen vom Tisch, denn Vic hat die Verantwortung für alles, was geschehen ist, ganz allein auf sich genommen.

Für sie selbst steht die größte Veränderung an. Sie muss vielleicht mit einer Anklage rechnen. Auch wenn ihre Eltern als Eigentümer der Lagerhalle auf eine Anzeige verzichtet haben, hieß es bei der Polizei, dass trotzdem eine Straftat vorliegen würde. Und außerdem wird sie bald die Stadt verlassen, denn ihre Eltern stecken sie wieder ins Internat. In ein anderes, diesmal.

Vorsichtig sagst du: »Es tut mir total leid, Vic. Du wolltest unbedingt, dass sie dich endlich ernst nehmen. Und jetzt schicken sie dich wieder fort.«

»Mir tut es auch leid«, antwortet sie leise. »Dass ich euch da alle mit reingezogen habe. Vor allem dich.« Sie schaut dich an. »Es gibt da noch was, was ihr nicht wisst. Was ich euch noch sagen muss, auch wenn ihr mich dann vielleicht erst recht hasst.«

Pauline und Sadiq sind so überrascht, dass sie für einen Moment voneinander ablassen.

Am meisten überrascht bist du, denn es kommt dir vor, als hätte es mit dir zu tun.

»Pauline hat dir das Tagebuch bloß deshalb zugesteckt, weil sie Panik hatte«, sagt Vic. Du nickst, denn das wissen ja nun alle hier. Aber Vic fährt fort: »Und ich sollte euch sagen, durch wen die Polizei überhaupt erfahren hat, dass es das Tagebuch gibt …«

»Du?« Pauline ist aufgesprungen und starrt Vic fassungslos an.

»Nicht direkt ich.« Vic senkt den Blick. »Das war mal wieder Jutta S.«

Du musst lachen, ohne dass du es willst. Jutta S. wurde in Paulines Tagebuch erwähnt. Es ist der ausgedachte

Name, unter dem, wie du dich erinnert, Pauline selbst an die Zeitung geschrieben hatte.

Auch Pauline lacht. »Jutta S. ist ja eine richtige Klatschbase«, ruft sie aus. »Was sollte das? Shit, ich hatte so was von Schiss, Vic!«

»Ja, das tut mir sehr leid«, sagt Vic leise. »Wie alles andere auch. Ich wollte einfach den Druck erhöhen. Ich wollte, dass die uns auf den Fersen sind. Dass die uns ernst nehmen. Nicht nur meine Eltern, die ganze Gesellschaft.« Sie zupft verlegen an der Tischdecke. »Ich kann verstehen, wenn ihr mir das nicht verzeiht.«

»Das ist ...« Pauline ringt um Worte, dann winkt sie ab und setzt sich wieder. »Das ist jetzt auch egal, Vic. Echt. Spielt keine Rolle mehr.«

»Doch, für mich schon«, sagst du und wendest dich an Vic. »Egal, wie krass das alles jetzt war – es sollte eigentlich für was Gutes stehen. Für die Zukunft. Nicht für Hass. Und damit meine ich nicht, dass wir dich jetzt hassen sollen, wie du sagst. Ich meine deinen Hass auf deine Eltern. Um das Klima zu retten, brauchen wir Liebe, nicht Hass.«

Klang das jetzt zu kitschig? Egal, es fühlt sich richtig an, was du gesagt hast.

»Die haben mich niemals respektiert«, entgegnet Vic. »Für die bin ich ein Spielzeug, ein ... ein Accessoire. Und weil ich für sie nicht richtig funktioniere, schaffen sie mich aus dem Weg. Ja, du hast recht – ich hasse sie. Aber was wir brauchen, ist eine Revolution. Die beginnt nicht mit Liebe. Die beginnt mit Hass. Mit Fackeln und Mistgabeln und Guillotinen.«

»Nein«, widerspricht Pauline entschieden. »Nicht mit Hass, sondern mit Zusammenhalt. Damit, dass sich viele Leute zusammentun, die dasselbe Ziel haben. Und unser Ziel war nicht falsch.« Sie seufzt und schaut in die Runde. »Ich finde, TOO HOT hätte eine zweite Chance verdient.«

»Das heißt, du würdest gern weitermachen?«, fragst du. »Trotz allem?«

»Ich schon«, antwortet Sadiq an Paulines Stelle. »Ich hab natürlich zu Hause auch den absoluten Megaärger gekriegt. Aber wir können ja jetzt nicht einfach aufhören. Der Klimawandel hört auch nicht auf.«

»Vielleicht finden wir noch ein paar Aktionsideen, die legal sind?« Pauline lächelt. »Oder zumindest weniger illegal.«

»Glaubt ihr nicht«, fragst du, »dass der Name TOO HOT nach Samstag irgendwie ... nun ja, verbrannt ist? Im wahrsten Sinne des Wortes?«

Pauline sagt: »Irgendeine von den Zeitungen hat geschrieben, der Brand in der Lagerhalle sei eine Verzweiflungstat gewesen. Und genau das trifft es, finde ich. Ich könnte echt verzweifeln, wenn ich ans Klima denke, an unsere Zukunft. Ich will vielleicht mal Kinder haben, und die wollen vielleicht auch wieder Kinder haben, und die sollen nicht in einer brennenden Welt aufwachsen.« Sie senkt die Stimme und fügt hinzu: »Seit Samstag ist das für mich nicht mehr bloß irgendeine Metapher. Wir wissen jetzt, wie es sich anfühlt, in einem Feuer zu sein. Ehrlich gesagt – das motiviert mich noch viel mehr.«

»Mich auch«, sagt Vic. »Keine Ahnung, wohin es mich jetzt verschlagen wird. Aber ich bin mir sicher, auch an dieser neuen Schule werde ich ein paar Freaks finden.«

»So wie uns«, meint Sadiq und lacht.

Du lachst auch.

Pauline schaut dich an. »Und was ist mit dir?«, fragt sie. »Bist du ein Freak?«

»Du meinst, ob ich bei TOO HOT einsteige?«, erwiderst du. »Trotz allem, was geschehen ist?«

»Oder wegen allem«, meint Sadiq.

»Gute Frage. Darüber muss ich nachdenken.«

Und das wirst du tun.

Ihr bleibt noch lange zusammen und quatscht, bis es Zeit wird, sich zu verabschieden. Auf dem Heimweg fällt dir am Straßenrand ein parkendes Auto mit einem Aufkleber auf. Eine Strichmännchenfamilie, unter den Figuren steht: Mama, Papa, Mette, Mats, Eumel.

Aus irgendeinem Grund musst du lächeln.

Und als du zu Hause ankommst, lächelst du gleich wieder, denn jemand von der Feuerwehr ist da gewesen und hat etwas abgegeben. Das, was mal dein Rucksack gewesen ist. Jetzt ist er halb verkohlt, noch feucht vom Löschwasser und stinkt nach Rauch. Trotzdem öffnest du ihn und ziehst einen durchweichten, miefenden Klumpen Papier heraus.

Das war Paulines Tagebuch. Gewesen.

Vielleicht will es weitergeschrieben werden?

Vielleicht sogar von dir.

(Kein?) ENDE.

▶ 40

Du entsperrst dein Handy und tippst erneut auf Paulines Nummer.

Sofort ist sie wieder dran.

»Das ging gerade ein bisschen schnell«, sagst du. »Und wenn ich so drüber nachdenke – ich kann schon verstehen, was euch so zornig macht. Dich und Sadiq und Vic. Also Victoria«, verbesserst du dich schnell, denn du willst gar nicht so vertraut klingen, du kennst die drei ja gar nicht, außer aus dem Tagebuch. Aber irgendwie ist es eben doch so, als würdest du sie kennen, und vielleicht ist das der Grund, warum du nicht wolltest, dass dieses Gespräch schon vorbei ist.

Lies weiter bei ▶ 30, Seite 240.

▶ 41

Du erreichst wieder die Straße, hältst inne und überlegst.

Deine Möglichkeiten: Nimmst du den Weg nach rechts über die Waschanlage (▶ 23, Seite 224) oder nach links über den Parkplatz mit den Wohnmobilen (▶ 31, Seite 242)?

Natürlich kannst du es dir auch ganz anders überlegen und einfach abhauen (▶ 24, Seite 225).

▶ 42

Du hörst das krachende Geräusch von zersplitterndem Holz, dann poltern Schritte oben über die Empore und schließlich die Eisentreppe herab. Pauline und Sadiq kommen die Stufen heruntergerauscht wie ein Sondereinsatzkommando. Zwei oder drei Meter vor dir und Vic bleiben sie stehen. Im Licht von Vics Sturmfeuerzeug funkeln euch zwei Augenpaare an.

»Hört sofort auf«, ruft Pauline. »Das führt doch zu nichts. Wenn ihr hier Feuer legt, ist TOO HOT nichts weiter als eine Terror-Bande.«

»Ihr macht alles kaputt, wofür wir stehen«, sagt Sadiq ernst.

»Falsch«, erwidert Vic, »jetzt zeigen wir erst so richtig, wofür wir stehen.«

»Kommt schon, Leute«, sagt Sadiq beschwörend, schaut erst zu Vic, dann zu dir, dann wieder zu Vic, dann streckt er die Hand aus. »Gebt mir einfach die Feuerzeuge und alles wird gut. Wir sind auch nicht sauer, dass ihr uns da oben eingeschlossen habt.«

»Das mit der Strickleiter war ja süß gemeint«, ergänzt

Pauline, »aber wir konnten doch nicht einfach abhauen und euch hier machen lassen.«

»Du willst mein Feuerzeug, Sadiq?« Vic schaut angriffslustig. »Dann hol es dir!«

Sie lässt den Deckel zuschnappen, dreht sich um und beginnt, an der mittleren Regalreihe emporzuklettern. Die einzelnen Regalfächer sind nicht so hoch, es scheint ganz einfach zu gehen, wie in einem Kinderspieleparadies. Wobei das hier natürlich alles andere als ein Spiel ist. Oder?

Ein großes Abenteuer ist es jedenfalls und sofort beginnst du, hinter Vic herzuklettern, denn du siehst überhaupt nicht ein, dass ihr beide euch jetzt noch aufhalten lassen sollt (▶ 6, Seite 164).

Oder sind dir etwa Zweifel gekommen? Entscheidest du dich noch einmal um und schlägst dich auf die Seite von Pauline und Sadiq (▶ 27, Seite 233)?

▶ 43

»Ich seh es wie Pauline«, sagst du. »Ihr solltet Vic aufhalten. Für TOO HOT. Und für Vic selbst. Und ich helfe euch natürlich, wenn ich kann.«

»Na gut«, meint Sadiq. »Dann machen wir es.« Er schaut sich um. »Als Erstes müssen wir hier raus.«

Pauline sagt zu dir: »Komm mal bitte mit der Lampe, hier ist was neben der Tür.«

Du trittst näher und hebst die Campinglaterne an. Ihr mattes Licht beleuchtet einen kleinen Schlüsselkasten, der neben der Tür an der Wand hängt. In dem Kasten gibt es drei Reihen mit kleinen Haken, aber bloß an einem einzigen hängt ein Schlüssel. Pauline nimmt ihn heraus. Ein kleiner Anhänger baumelt an dem Schlüssel, darauf steht die Zahl 17. Vermutlich waren die Schlüssel, die hier einmal gehangen haben, allesamt durchnummeriert. Du hast nicht viel Hoffnung, dass ausgerechnet dieser eine auf die Tür zur Empore passt.

»Das ist ein Autoschlüssel«, sagt Sadiq. »Vielleicht von einem LKW.«

»Oder von dem Gabelstapler unten in der Halle«, meint

Pauline. »Den könnten wir hier oben jetzt gut gebrauchen, mit dem würden wir die Tür easy durchbrechen.« Sie hängt den Schlüssel mit der 17 zurück in den Schlüsselkasten.

Du gehst mit der Laterne umher und betrittst wieder das Büro mit dem Türschild *Herr Somaz, Leitung*. Chefschreibtisch und Chefsessel. Beides so wuchtig, dass du dir diesen Herrn Somaz unwillkürlich als einen Zweihundertkilomann vorstellst. Oder halt als jemanden, der einfach gern Eindruck schindet. Das Fußkreuz von diesem Chefsessel, das auf fünf Rollen ruht, scheint aus Stahl zu sein. Du stellst die Lampe ab und versuchst den Stuhl anzuheben. Pauline und Sadiq kommen herein und verstehen sofort, was du vorhast. Zusammen dreht ihr den Stuhl um und rüttelt an dem Stahldings. Tatsächlich löst es sich von der Unterseite des Sitzes, die schwere Stange steckt noch darin. Sie wäre ein guter Griff, um das Ding richtig mit Schwung irgendwo gegenzuschlagen. Ihr nehmt es mit nach nebenan, und du gehst vor der verschlossenen Tür in Stellung. Dann packst du die Stange mit beiden Händen, holst aus und schmetterst den Stahl gegen das Türschloss. Und wieder und wieder. Der Rückschlag schmerzt in deinen Händen, aber deine Hiebe wirken, denn das Holz rings um das Türschloss zeigt deutliche Risse, die Klinke ist schon ganz verbogen.

Trotzdem sitzt die Tür noch fest. Und langsam geht dir die Kraft aus. Jemand fasst dich an der Schulter.

»Darf ich mal versuchen?«, fragt Sadiq.

Du willst ihm das Stahlkreuz geben, aber er winkt ab. »Du hast das Holz gut bearbeitet«, meint er, »vielleicht kann ich ihm so den Rest geben.«

Er nimmt ein Stück Anlauf, dann springt er aus voller Wucht mit beiden Füßen gegen die Tür. Mit Krachen und Splittern bricht sie aus dem Rahmen. Sadiq hat sich über die Schulter am Boden abgerollt und kommt schon wieder auf die Beine. Ihr steigt über die Trümmer hinweg und lehnt euch über das Geländer der Empore. Die Halle mit ihren riesigen Regalen liegt wie vorhin im Dunkeln, und nachdem der Knall und das Echo verebbt sind, herrscht gespenstische Stille.

»Vic?«, ruft Sadiq.

Keine Antwort.

»Vielleicht ist sie längst weg«, überlegst du. »Durch die Hintertür raus und auf und davon.«

»Aber hätte sie uns dann erst eingeschlossen?«, fragt Pauline wieder. »Sie hat uns ja richtig in die Falle gelockt, da in dem Büro. Das hätte sie nicht getan, wenn sie eh abhauen wollte.«

Wie auf ein stummes Kommando wendet ihr euch zur Treppe und steigt die Stufen hinab.

»Ob sie hier irgendwo ist?« Sadiq wendet sich den drei Türen unter der Treppe zu.

Du folgst ihm mit der Laterne in der Hand. Die Männertoilette ist leer. Die Frauentoilette auch. Hinter der dritten

Tür öffnet sich ein geräumiger Abstellraum voller Krempel. Im Licht der Campinglaterne erkennst du Putzzeug, einen Stapel aus vier dicken Wolldecken in einem ansonsten leeren Metallregal, einen Berg aus Plastikkisten und anderes Zeug. An einer freien Wand siehst du eine Halterung, und daneben das Piktogramm eines Feuerlöschers. Bloß ist da kein Feuerlöscher, die Halterung ist leer. Vic scheint in ihren Vorbereitungen sehr gründlich vorgegangen zu sein.

»Seht mal, das muss der Sicherungskasten sein.« Pauline hat eine Klappe in der Wand geöffnet. Ein fieser Geruch wie von verkohltem Plastik weht heraus. Als du näher herangehst, siehst du, woher der Gestank vermutlich kommt. Der Hauptschalter ist kaum noch zu erkennen, denn er besteht aus einem dicken, blasigen Klumpen. Und steht auf null. Sadiq versucht, das Teil auf die Position eins zu schieben, aber der Schalter – oder was von ihm übrig ist – bewegt sich keinen Millimeter. Auch hier hat Vic anscheinend Vorkehrungen getroffen.

»Alles sehr gründlich«, sagt Pauline. Es klingt beinahe anerkennend. »Sie hat dafür gesorgt, dass wir kein Licht machen können.«

»Und nicht das Rolltor öffnen«, ergänzt Sadiq.

Ihr verlasst den Abstellraum und seht euch nochmals in der Halle um.

Da hörst du plötzlich Schritte. Du siehst dich um und hebst die Laterne. Die Schritte klingen nicht nach Schuhen auf Beton, sondern als würde jemand über ein Metallgitter laufen. Und das Geräusch kommt irgendwie von ... oben.

Auf der mittleren der drei Regalreihen, auf der obersten Etage fast unter der Hallendecke, flammt ein Licht auf. Da steht Vic und stützt sich mit einer Hand an einem dicken Rohr ab, das in Höhe ihrer Schulter unter der Betondecke hängt. Du erkennst, dass viele dieser Rohre einen halben Meter unterhalb der Decke quer durch die ganze Halle verlaufen – vielleicht für die Lüftung oder so. In der anderen Hand hält sie ein brennendes Feuerzeug. Auch auf die Entfernung erkennst du, dass es sich ebenfalls um ein Sturmfeuerzeug handelt, wie bei dem, das ihr Vic bereits abgenommen hattet. So ein Teil, das nicht aufhört zu brennen, selbst wenn man es loslässt.

»Haut ab!«, schreit Vic. »Ich werde hier alles in Schutt und Asche legen. Bringt euch in Sicherheit.«

»Und was ist mit dir?«, schreit Sadiq zurück.

»Ist nicht mehr eure Sache!«

»Shit, die bringt sich am Ende noch selber um«, schimpft Pauline mit unterdrückter Stimme. »Wir müssen sie da irgendwie runterholen!«

Du stellst die Laterne auf dem Boden ab und musterst das Stahlungetüm vor dir. Die einzelnen Regalfächer sind nicht so hoch, es dürfte ziemlich einfach sein, nach oben zu klettern. Willst du es tun? Hochklettern und mit ihr reden? Vielleicht hört sie ja auf dich noch am ehesten, weil du – wie Sadiq sagte – Abstand zu den dreien hast. Wirst du es wagen (▶ 19, Seite 216) oder lieber erst mal abwarten (▶ 29, Seite 237)?

▶ 44

Auf dem Heimweg bremst du unwillkürlich vor einem fremden Haus. Es ist ein Mehrfamilienhaus und direkt an der Straße steht ein blauer Container für Altpapier. Du holst das Buch aus deinem Rucksack und öffnest den Container. Er ist fast voll. Du wühlst in dem Wust aus zerkleinerten Kartons, leeren Verpackungen und alten Zeitungen, denn du willst Paulines geheime Aufzeichnungen nicht einfach obendrauf werfen, wo sie womöglich durch irgendeinen Zufall noch in falsche Hände geraten. Vielmehr vergräbst du das Tagebuch möglichst weit unten in der Tonne. Eine Zeitungsschlagzeile springt dir ins Auge: *Wer ist TOO HOT?*

Und eine zweite: *Klimaschutzmaßnahmen: Viel zu wenig, um das 1,5-Grad-Ziel zu erreichen.*

Du hältst kurz inne, dann deckst du Paulines Tagebuch sorgsam mit den Zeitungen zu, schließt die Tonne und gehst wieder hinein.

Erleichterung macht sich in dir breit. Aus der Sache bist du raus. Du hast der Versuchung widerstanden, dich in irgendwas Zwielichtiges hineinziehen zu lassen und bist damit jedem möglichen Ärger aus dem Weg gegangen. Jetzt kannst du in Ruhe heimfahren, deine Lieblingsserie gucken und dieses komische Tagebuch vergessen.

ENDE.

▶ 45

Du seufzt und sagst: »Ich hab gar kein Recht, über dich zu urteilen. Ich bin noch nie in so einer Situation gewesen. Hätte mir ganz ähnlich gehen können wie dir. Und dann wär ich froh gewesen, ich hätte jemanden wie dich getroffen.«

»Echt?«, fragt Pauline.

Fragst du dich selber auch. Vor allem hast du einfach etwas Freundliches zu ihr sagen wollen. Und jetzt überlegst du, ob das tatsächlich stimmt – nämlich, dass es dir ganz ähnlich hätte gehen können. Wärst du auch dazu fähig, Autoreifen zu zerschneiden, in der Auslage von Kaufhäusern geheime Botschaften zu verstecken und Farbbeutel auf die Fassade eines Bürogebäudes zu werfen?

Vielleicht findest du ja wirklich eher gut, was TOO HOT bisher gemacht hat. Dann kannst du es Pauline ja ruhig sagen (weiter bei ▶ 30, Seite 240). Oder es ist dir doch zu heikel? Nicht, dass sie am Ende noch denkt, du willst bei TOO HOT mitmachen. Das Ganze geht dich ja letztlich nichts an (weiter bei ▶ 22, Seite 222).

▶ 46

Du ziehst dir rasch etwas über, denn draußen ist es kalt. Du nimmst das Buch und gehst hinaus vor die Tür, öffnest die blaue Mülltonne, die fürs Altpapier reserviert ist. Die Tonne ist fast voll. Du wühlst in dem Wust aus zerkleinerten Kartons, leeren Verpackungen und alten Zeitungen, denn du willst Paulines geheime Aufzeichnungen nicht einfach obendrauf werfen, wo sie womöglich durch irgendeinen Zufall noch in falsche Hände geraten. Vielmehr vergräbst du das Tagebuch möglichst weit unten in der Tonne. Eine Zeitungsschlagzeile springt dir ins Auge: *Wer ist TOO HOT?*

Und eine zweite: *Klimaschutzmaßnahmen: Viel zu wenig, um das 1,5-Grad-Ziel zu erreichen.*

Du hältst kurz inne, dann deckst du Paulines Tagebuch sorgsam mit den Zeitungen zu, schließt die Tonne und gehst wieder hinein.

Erleichterung macht sich in dir breit. Aus der Geschichte bist du raus. Du hast der Versuchung widerstanden, dich in irgendwas Zwielichtiges hineinziehen zu lassen und bist damit jedem möglichen Ärger aus dem Weg gegangen. Jetzt kannst du in Ruhe deine Lieblingsserie gucken und dieses komische Tagebuch vergessen.

ENDE.

▶ 47

Du ziehst dein Handy aus der Hosentasche, öffnest Instagram und wischst nach rechts, tippst auf *LIVE* – und … zögerst. Welchen Titel willst du eingeben? Ein Satz von Vic geht dir durch den Kopf: *Der Planet fängt Feuer.* Du tippst es ein.

»Bist du so weit?«, ruft sie.

»Kann losgehen.« Du hebst das Handy, startest den Stream und zoomst Vic heran.

Das Bild sieht super aus, aber es wackelt, denn du hast das Gefühl, das Gleichgewicht zu verlieren. Du musst dich auf dem Gitter ausbalancieren, dich mit der freien Hand an dem Lüftungsrohr über dir abstützen – schau nicht nach unten! Und achte bloß nicht auf die Rufe von Sadiq und Pauline. Konzentriere dich auf Vic. Schau einfach nur auf das Display deines Handys.

»Hey, Leute! Hier spricht TOO HOT!« Vic hält das brennende Feuerzeug hoch und setzt zu einer flammenden Rede an.

Flammend? Ja, das ist genau das, um was es geht. Du folgst kaum ihren Worten, starrst auf deinen Handybildschirm und siehst die Zahlen: Binnen Sekunden sind sieben Leute dabei, nein zwölf, jetzt schon zwanzig! Rote Herzen fliegen durchs Bild, Kommentare ploppen auf.

Wo bist du?

Wer ist das Mädchen? Was will sie mit dem Feuerzeug?

OMG – du bist bei TOO HOT? Hatte ja keine Ahnung!

Ja, du bist bei TOO HOT. Tatsächlich. Und alle können es sehen. Erst mal nur Leute, die du kennst, klar, aber später wirst du das Video als Reel posten, Menschen können es in ihren Storys teilen, alle sollen es wissen. Du stehst dazu. Du bist dabei.

»… und genauso«, verkündet Vic jetzt, »wird diese Halle brennen!«

Wie in Zeitlupe siehst du, dass sie ihre Hand öffnet, das Feuerzeug herausgleitet und fällt. Es brennt weiter, es ist ein Sturmfeuerzeug, es brennt und fällt, fällt durch die Gitterböden der Regalfächer hindurch nach unten. Du beugst dich vor, musst dich wieder ausbalancieren, stemmst dich mit einer Hand gegen das Lüftungsrohr, deine andere Hand hält das Handy. Auf dem Display siehst du, wie sich das brennende Feuerzeug im Fallen ein paarmal um sich selbst dreht. Dann wird es mit einem dumpfen Plopp von einer der Paletten in den unteren Regalfächern verschluckt.

Einen winzigen Augenblick lang geschieht gar nichts, dann wallt aus der Tiefe eine Flamme empor, die sich rasch ausbreitet.

Unwillkürlich tippst du auf das Display und wechselt von der Front- zur Rückkamera. Jetzt siehst du dein eigenes Gesicht, von unten in zuckend grelles Licht getaucht, mega sieht das aus, Wahnsinn. Und dann, langsam, verzerrt sich deine Miene auf dem Bildschirm, die Hitze schießt dir von unten entgegen, sie schlägt gegen die Sohlen deiner Schuhe, züngelt in deine Kleidung hinein und über deine Haut ... Scheiße ... SCHEISSE! Alles unter dir steht in Flammen! Und vor deinem inneren Auge schmelzen alle Streams und Reels und Storys in der Gluthitze in sich zusammen.

Dann greift die Angst nach dir. Du kriegst nicht mehr mit, was die Leute jetzt kommentieren, du beendest den Stream und steckst das Handy weg. Deine Hand zittert dabei.

»Ich dachte nicht, dass ... das so schnell geht«, stammelt Vic.

»Los, komm«, rufst du. »Wir müssen hier runter!

Aber dafür wird die Zeit verdammt knapp. Unter euch breiten sich Flammen in beide Richtungen aus, ihr könnt vermutlich gar nicht so schnell runterklettern, bevor das Feuer die gesamte Länge des Regals erreicht hat, selbst an den beiden Enden.

Unten brüllen Pauline und Sadiq euch etwas zu, aber das Fauchen der Flammen verschluckt ihre Worte.

Vic starrt wie versteinert auf das Inferno unter euch. Hattest du nicht vorhin was von Grillanzünder gesagt?

Genau das trifft es – und ihr befindet euch mitten auf dem Grill!

Du betrachtest die breiten Rohre. Es wäre eine Möglichkeit, dass ihr euch hochzieht und so unter der Decke hinüber zu dem nächsten Regal kriecht, wo ihr hinunterklettern könnt.

Willst du es wagen (▶ 35, Seite 250)? Oder willst du doch lieber am Ende des Regals hinunterklettern und vielleicht mit etwas Glück den Flammen zuvorkommen (▶ 37, Seite 258)?